COLECCIÓN POPULAR

629
POPOL VUH

# POPOL VUH

*Antiguas leyendas del Quiché*

Versión y prólogo de
ERMILO ABREU GÓMEZ

FONDO DE CULTURA ECONÓMICA

Décima edición (Ediciones Oasis),  1984
Primera edición (Col. Popular),  2003
[Segunda edición (Grandes Letras),  2007]
  Cuarta reimpresión,  2012

---

Popol Vuh. Antiguas leyendas del Quiché / Versión y prólogo de Ermilo Abreu Gómez. — México : FCE, 2003
171 p. ; 17 × 11 cm — (Colec. Popular ; 629)
ISBN 978-968-16-6839-6

1. Manuscritos quichés 2. Literatura maya

LC 1465 P8318                    Dewey 913.7281 P829A

*Distribución mundial*

D. R. © 1984, Ediciones Oasis, S. A.
Oaxaca, 28; México, D. F.
ISBN 968-6052-11-9

D. R. © 2003, Fondo de Cultura Económica
Carretera Picacho-Ajusco, 227; 14738 México, D. F.
www.fondodeculturaeconomica.com
Empresa certificada ISO 9001:2008

Diseño de portada: Teresa Guzmán

Comentarios: editorial@fondodeculturaeconomica.com
Tel. (55) 5227-4672  Fax (55) 5227-4694

ISBN 978-968-16-6839-6

Impreso en México • *Printed in Mexico*

# PRÓLOGO

El "Popol Vuh" es, sin duda, el libro indígena más importante de América. Desde luego es el libro más coherente, más hondo que ha producido el mundo prehispánico. Bien a bien es un libro religioso y al mismo tiempo, histórico. Ambos temas, como es natural, van como sumergidos en un clima legendario, que hace casi imposible deslindar los valores reales de los puramente imaginados.

No se piense que es sólo un libro arcaico, hundido en los siglos viejos, convertido ya en una especie de pieza arqueológica de interés para curiosos o iniciados en la ciencia de la antigüedad. Es también un libro moderno, contemporáneo, porque sus leyendas aún las repiten los indios del mundo maya, en la amplia zona de su dominio actual que abarca el sureste de México y el norte de Guatemala, y se limita en las costas del Caribe.

En aquel mundo donde floreció la cultura arcaica y superior de los mayas fue escrito el *Popol Vuh*. No es el caso de repetir la naturaleza original de la cultura maya, pues para advertir su significado humano y trascendente basta la contemplación de los edificios que construyeron en amplísimo predio geográfico. Las ruinas de estos edificios y aun los restos de las ciudades sagradas son muestras de la grandeza espiritual y material del pueblo.

El origen del *Popol Vuh* ha sido objeto de varias controversias y aún continúa suscitando dudas. Algunos creen que los indios quichés de Guatemala lo conservaban escrito en jeroglíficos o en otra forma gráfica hoy perdida. Pero ningún documento de esta especie ha llegado hasta nosotros que pruebe tal aserto. Más lógica es la suposición de quienes piensan que las leyendas del *Popol Vuh* —tal como sucede hasta la fecha y como queda dicho— se conservaron en forma oral de padres a hijos. La fidelidad de esta forma hoy nos parece difícil porque estamos acostumbrados al recurso de las letras y del papel. Así hemos acabado por creer que cualquier otro medio para guardar nuestra literatura es deleznable y está expuesto a continuos errores y a irreparables pérdidas. Pero antes no sucedía así. La palabra era el principal camino que tenía la memoria para conservar lo que estimaba importante y a ella se confiaban los tesoros históricos y legendarios. Como recurso adicional y para hechos más concretos —reinados, peregrinaciones, calamidades, guerras, etcétera— estaba la pintura jeroglífica. El *Popol Vuh* debió, pues, de transmitirse en forma oral, de generación en generación.

Pero un día, finalizada la conquista de Yucatán o más bien avanzado el dominio de la región, los indios cultos y ya cristianizados habrán sentido la necesidad de volver a escribir, ahora con caracteres latinos, pero en su propia lengua natural, aquel casi insondable tesoro literario de su antigua cultura.

¿Quién lo escribió? Para algunos lo escribió un sacerdote indígena conocedor de los secretos de su mundo primitivo; para otros, diversos personajes iniciados en lo que podríamos llamar misterio de aquel mundo pretérito. Para el caso da lo mismo que hayan sido uno o varios los autores del libro. Lo que importa es que el original se conservó durante siglo y medio en la biblioteca de la iglesia del pueblo de Santo Tomás de Chichicastenango —antes Chuilá— de la región de Guatemala.

Al principio del siglo XVIII, por mera casualidad, como suele suceder en estos casos, el padre Francisco Ximénez, cura de aquella parroquia, descubrió intacto el texto del *Popol Vuh*. El padre Ximénez era un hombre sensato y además conocía, por razones de su profesión, la lengua vernácula de sus feligreses. No era hombre adocenado, pues había leído y comentado los libros más importantes sobre la historia antigua de México y Centroamérica. Alguien le reveló la existencia de aquel manuscrito nada menos que en los anaqueles de su parroquia. ¡Con qué avidez se habrá acercado a él! Nos lo imaginamos leyéndolo en su celda, junto a la luz de un velón o de un candil de aceite o pegadito a la ventana para recibir los últimos resplandores tibios de la tarde. ¡Cómo habrá saboreado el encanto y el misterio de aquellas leyendas! ¡Sin duda que no saldría de su asombro! ¡Qué mundo, hasta entonces desconocido, se abría delante de los ojos de su espíritu! Lo leería, sin duda, despacio, muy despacio, y tal vez siguiendo con el índice las líneas no siempre rectas y muchas veces borrosas del manuscrito. Se detendría a remirar una palabra o a descifrar un signo o una abreviatura —que el amanuense que trazó aquellas letras debió de ser ducho en el arte de enlazar letras, de extender rasgos y de hacer también más preciosa la página aunque menos clara para el avaro lector—. A medida que el padre Ximénez leía aquel libro caería en la cuenta de que estaba en posesión de un tesoro que tanto competía a lo religioso, a lo histórico, a lo fabuloso y aun a lo que atañe al relato familiar —que todo se mezcla en aquellas páginas—.

El padre Ximénez advirtió —y lo dijo con razón e ingenuidad— que el libro estaba escrito sin orden alguno, lo que hace pensar, casi con certidumbre, que fueron varios sus autores. En efecto, el libro no sigue con rigor un orden cronológico de los temas ni tampoco un orden que permita descifrar algunos de sus episodios. Además muchos de sus personajes se repiten o se suceden haciendo engorrosa su lectura. Esto lo advirtió también el padre Ximénez y tal como lo advirtió lo dijo en sus papeles. Pero su advertencia parece que no ha sido tomada en cuenta por los traductores modernos.

El padre Ximénez tradujo al castellano esta versión quiché y la publicó con el título de *Historia del origen de los indios de esta provincia de Guatemala*. Por desgracia, el texto quiché —diríamos el texto original— desapareció y es posible que haya vuelto a manos de los indios que siempre han sido celosos guardianes de sus cosas.

Más tarde el padre Ximénez al escribir la *Historia de la provincia de San Vicente de Chiapa y Guatemala* revisó su primera versión castellana del *Popol Vuh*. En esta versión suprimió repeticiones inútiles pero también, tal vez por descuido, olvidó algunos pasajes. No es posible, sin embargo, atribuir todas estas irregularidades al padre Ximénez, pues dicha segunda versión sólo la conocemos por el traslado de Francisco Gavarrete.

Pero como se conserva el manuscrito de la primera versión castellana del padre Ximénez y una copia del original quiché perdido, pueden así estudiarse, por comparación, las posteriores ediciones castellanas del *Popol Vuh*.

La capital de la región quiché en los tiempos de la conquista era Utatlán. Esta ciudad fue incendiada por el conquistador Pedro de Alvarado. El mismo capitán ahorcó a sus reyes y a otros señores en la toma de la ciudad. Los nobles que pudieron huir de aquel desastre se refugiaron en la antigua ciudad de Chuilá, que hoy se llama Chichicastenango o más propiamente Santo Tomás de Chichicastenango.

Aquí debieron de llevar los indios nobles el códice jeroglífico del *Popol Vuh*. O bien ahí vivieron sacerdotes conocedores del texto. Y luego en secreto —y ya diestros en la escritura moderna— lo escribieron en quiché fonetizando aquella lengua. Con sigilo esta redacción se conservó por siglo y medio.

En el siglo XVIII, como queda dicho, el padre Ximénez, cura de aquella ciudad, tuvo la oportunidad de hallar aquel precioso documento. Es, pues, una feliz coincidencia lo que ha hecho que podamos conocer aquel tesoro. Si en vez de aquel hombre sabio y bondadoso hubiera vivido ahí un cura de mal talante, lo hubiera mirado con desprecio o lo hubiera destruido como cosa tocada por el espíritu del demonio.

El padre Alonso Ponce, que estuvo en Yucatán a

fines del siglo XVI, dice que los mayas eran elogiados porque poseían *caracteres* y *letras* que les servían para escribir sus historias y que tal arte sólo era conocido por los sacerdotes o por los brujos que poseían secretos de la antigüedad.

Esta opinión ha dado lugar a pensar que el primitivo texto del *Popol Vuh* estaba escrito en aquellos *caracteres* y *letras*. Pero esto, como queda advertido, no ha sido comprobado hasta la fecha.

Fray Bartolomé de las Casas nos informa, a su vez, que los indios eran sutiles y agudos para recoger sus leyendas, noticias e historias y sabían conservar todo esto en *pinturas* a las cuales les faltaba poco para que pudieran ser leídas como se lee un texto escrito en letras latinas.

Pero todavía más: se sabe por Ixtlilxóchitl, por ejemplo, que los indios se esmeraban en aprender de memoria los temas de más importancia de su pasado o de sus leyendas y peregrinaciones.

Sin duda que este procedimiento era más eficaz para conservar la literatura, la filosofía y la poesía, y por este sutil camino habrán podido conservar y completar el complejo mundo mezcla de fantasía, de ciencia y de milagro que guarda el *Popol Vuh*.

El manuscrito quiché nos informa que fue escrito porque en lo antiguo existió un libro —el códice con jeroglíficos— que contenía la tradición y la leyenda del pueblo. El libro perdido pudo haber sido —es lo más probable— copia simple de uno más viejo y acaso el auténtico o primero.

El *Popol Vuh* ha sido conocido en lo moderno con diversos nombres: *Libro Sagrado, Libro del Consejo,*

*Libro Nacional,* pero ha prevalecido el título que lleva las dos palabras tomadas del quiché. Así todos decimos hoy el *Popol Vuh.*

El orden del libro no es bueno. Ya su primer traductor, el padre Ximénez, advierte que este orden estaba traspuesto en el original quiché, lo cual dificulta su lectura y aun la comprensión de muchos de sus pasajes. El abate Brasseur dice lo mismo: "leyéndolo con atención se reconoce que gran número de pasajes han sido traspuestos".

Por otro lado, el libro debió de ser compuesto en varias etapas, pues los últimos pasajes hablan de los descendientes de los reyes de Utatlán que mandó quemar Pedro de Alvarado en el siglo XVI.

El historiador y también traductor del *Popol Vuh* J. Antonio Villacorta creyó que el autor del texto original fue un dicho Diego Reynoso; pero —como queda advertido— no existen pruebas convincentes para sostener tal aserto. De ahí que hoy se considere anónima la composición del libro.

Son varias las traducciones del *Popol Vuh.* La primera y la segunda corresponden a su descubridor, el padre Francisco Ximénez. Luego apareció, en 1861, la francesa del abate Brasseur, que se valió de la copia del quiché y de la primera versión de Ximénez. El autor pudo además consultar entre los indios ilustrados de Guatemala muchos pasajes difíciles. Pero a los errores que endilga a Ximénez añade los suyos y que acaso son más graves porque atribuye a los indios mayas una especie de comprensión de la cultura occidental. En 1913 Noah Elieser Pohorilles tradujo al alemán el *Popol Vuh* valiéndose de la versión francesa del abate Brasseur, aunque dice que la hizo directamente de la lengua quiché. Más tarde Georges Raynaud publicó, en 1925, otra versión francesa. Igualmente este traductor se apoyó en los trabajos de Ximénez y del abate; pero consta que trabajó con más rigor y enmendó no pocos desliz de las versiones anteriores. En 1927 apareció la versión debida a J. Antonio Villacorta y Flavio Rodas que también, como dice la crítica moderna, adolece de no pocos errores sobre todo en la traducción de los nombres propios de dioses y de príncipes. La versión más exacta se debe al erudito Adrián Recinos. Apareció en México en 1947. Esta versión se hizo sobre la primera versión castellana del padre Ximénez, cuyo original tuvo estos avatares: estuvo en la Biblioteca de la Universidad de Guatemala, pasó a poder del abate Brasseur y luego formó parte de la biblioteca del norteamericano Edward E. Ayer, y ahora está en la Biblioteca Newberry de Chicago. Este hallazgo permitió al señor Recinos emprender una nueva versión castellana. Pudo realizar mejores cotejos con las copias que se conservan de aquel manuscrito, y una más adecuada y escrupulosa redacción. La versión del señor Recinos es fiel traslado del texto quiché. Pero el autor comenta: "fácil sería dar a la narración una forma literaria más agradable al oído del lector moderno; pero esto sólo podría conseguirse sacrificando la fidelidad que el traductor debe proponerse como norma en una obra de esta índole…" Pero pensamos que con el afán de conservar las formas primitivas —en este caso oraciones pasivas y repeticiones— se hace la lectura árida, tediosa y poco menos que tolerable. Por otro lado, el indio maya o el quiché nos habla de otro modo. El indio, independientemente de sus metáforas y de sus símbolos, habla con claridad y sencillez extremadamente cautivadoras. Hacer otra cosa es pretender respetar una forma artificial y casi eclesiástica, extraña a la naturaleza del pueblo. Conservar las formas arcaicas de cualquier literatura —hablada o escrita— es condenarla al olvido. Por algo en las literaturas clásicas griega y latina, y en las modernas —de Inglaterra, Alemania, Italia, Francia y España— tenemos admirables versiones modernas que nos permiten el goce pleno del original sin perder su esencia, su categoría estética. Así lo vemos en las ediciones actuales de los clásicos que se utilizan no sólo para la lectura de un gran público, sino también para emprender estudios técnicos en las universidades.

En la versión que aquí se reproduce se corrigen los errores que ya indicaron tanto el padre Ximénez como el abate Brasseur; es decir, se estructura el orden de las leyendas (que sólo son dos: *Los Abuelos* y *Los Magos*) con lo cual gana la comprensión del libro y se moderniza tanto la sintaxis como la ortografía, lo que hace más fácil, más dúctil la lectura. Tiene pues el lector un *Popol Vuh* vivo y no un *Popol Vuh* hermético propio para la inteligencia de los eruditos. El poderoso y misterioso mundo quiché que conservan las páginas del *Popol Vuh* se abre ante los ojos del lector como se abre el campo en un día de sol.

ERMILO ABREU GÓMEZ

# LOS ABUELOS

ENTONCES NO HABÍA NI GENTE, ni animales, ni árboles, ni piedras, ni nada. Todo era un erial desolado y sin límites. Encima de las llanuras el espacio yacía inmóvil; en tanto que, sobre el caos, descansaba la inmensidad del mar. Nada estaba junto ni ocupado. Lo de abajo no tenía semejanza con lo de arriba. Ninguna cosa se veía de pie. Sólo se sentía la tranquilidad sorda de las aguas, las cuales parecía que se despeñaban en el abismo. En el silencio de las tinieblas vivían los dioses que se dicen: Tepeu, Gucumatz y Hurakán, cuyos nombres guardan los secretos de la creación, de la existencia y de la muerte, de la tierra y de los seres que la habitan.

Cuando los dioses llegaron al lugar donde estaban depositadas las tinieblas, hablaron entre sí, manifestaron sus sentimientos y se pusieron de acuerdo sobre lo que debían hacer.

Pensaron cómo harían brotar la luz, la cual recibiría alimento de eternidad. La luz se hizo entonces en el seno de lo increado. Contemplaron así la naturaleza original de la vida que está en la entraña de lo desconocido. Los dioses propicios vieron luego la existencia de los seres que iban a nacer; y ante esta certeza dijeron:

—Es bueno que se vacíe la tierra y se aparten las aguas de los lugares bajos, a fin de que éstos puedan ser labrados. En ellos la siembra será fecundada por el rocío del aire y por la humedad subterránea. Los árboles crecerán, se cubrirán de flores y darán fruto y esparcirán su semilla. De los frutos cosechados comerán los pobladores que han de venir. Tendrán de este modo igual naturaleza que su comida. Nunca tendrán otra. Morirán el día que lleguen a tenerla distinta.

Así quedó resuelta la existencia de los campos donde vivirían los nuevos seres. Entonces se apartaron las nubes que llenaban el espacio que había entre el cielo y la tierra. Debajo de ellas y sobre el agua de la superficie, empezaron a aparecer los montes y las montañas que hoy se ven. En los valles se formaron macizos de cipreses, de robles, de cedros y de álamos. Un aroma agrio y dulce se desprendió de estos bosques de riquísima savia. Luego fue abierto el camino que dividió el espacio seco del espacio húmedo.

Al ver lo hecho, los dioses dijeron:

—La creación primera ha sido concluida y es bella delante de nuestros ojos.

En seguida quisieron terminar la obra que se habían propuesto. Dijeron entonces:

—No es bueno que los árboles crezcan solos, rodeados de sombras; es necesario que tengan guardianes y servidores.

De esta manera decidieron poner, debajo de las ramas y junto a los troncos enraizados en la tierra, a las bestias y a los animales que abajo se dicen, los cuales obedecieron al mandato de los dioses, pero permanecieron inertes en el lugar de su nacimiento, como si fueran ciegos e insensibles. Ambulaban sin orden ni concierto, tropezándose con las cosas que encontraban a su paso. Al ver esto, los dioses dijeron:

—Tú, bestia, tú, animal, beberás en los ríos; dormirás en las cuevas; andarás en cuatro patas y tendrás la cabeza gacha, y en su día, tu lomo servirá para llevar carga. Y por todo esto no te resistirás ni harás alarde de rebeldía ni siquiera de cansancio. Tú, pájaro, vivirás en los árboles y volarás por los aires, alcanzarás la región de las nubes, rozarás la transparencia del cielo y no tendrás miedo de caer. Y así te multiplicarás y tus hijos y los hijos de tus hijos harán lo mismo y seguirán, en todo, tu ejemplo y tu gracia.

Las bestias, los animales y los pájaros cumplieron con lo que les fue mandado: las primeras buscaron sus guaridas, lo segundos sus prados y los pájaros hicieron, entre los ramajes, sus nidos.

Cuando estos seres estuvieron tranquilos en los sitios de su agrado y conveniencia, los dioses se juntaron otra vez y dijeron:

—Todo ser bruto debe estar sumiso dentro de su mundo natural, pero ninguno ha de vivir en silencio, que el silencio es desolación, abandono y muerte.

Luego, con voz que retumbó por los ámbitos del espacio, uno de los dioses los llamó y les dijo:

—Ahora, según vuestra especie, debéis decir nuestros nombres para que sepáis quién os creó y quién os sostiene. Habladnos y acudiremos en vuestra ayuda. Así sea hecho.

Pero los tales no hablaron; sin saber qué hacer se quedaron atónitos. Parecían mudos, como si en sus gargantas hubieran muerto las voces inteligentes. Sólo supieron gritar, según era propio de la clase a que pertenecían. Al ver esto, los dioses, dolidos, entre sí dijeron:

—Esto no está bien; será forzoso remediarlo, antes de que sea imposible hacer otra cosa.

En seguida, y después de tomar consejo, se dirigieron de nuevo a las bestias, a los animales y a los pájaros, de esta manera:

—Por no haber sabido hablar conforme a lo ordenado, tendréis distinto modo de vivir y diversa comida. No viviréis ya en comunión plácida; cada cual huirá de su semejante, temerosos de su inquina y de su hambre, y buscará lugar que oculte su torpeza y su miedo. Así lo haréis. Sabed más: por no haber hablado ni tenido conciencia de quiénes somos nosotros, ni dado muestras de entendimiento, vuestras carnes serán destazadas y comidas. Entre vosotros mismos os trituraréis y os comeréis los unos a los otros, sin repugnancia. Éste y no otro será vuestro destino, porque así queremos por justicia que sea.

Al oír esto, aquellos irracionales se sintieron desdeñados y quisieron recobrar la preponderancia que habían tenido. Con esfuerzo ridículo ensayaron una posible manera de hablar.

En este ensayo también fueron torpes, pues sólo gritos salieron de sus gargantas y de sus hocicos. Ni siquiera lograron entenderse entre sí; menos pudieron salir del compromiso en que se encontraban delante de los dioses. Entonces éstos los abandonaron a su suerte, entre la maleza y la inmundicia en que se debatían. Allí se quedaron resignados, soportando la sentencia que se dictó sobre ellos. Pronto serían perseguidos y sacrificados y sus carnes rotas, cocidas y devoradas por las gentes de mejor entendimiento que iban a nacer.

Los dioses idearon nuevos seres capaces de hablar y de recoger, en hora oportuna, el alimento sembrado y crecido en la tierra. Por esto dijeron:

—¿Qué haremos para que las nuevas criaturas que aparezcan sepan llamarnos por nuestros nombres y entiendan, porque es justo, que han de invocarnos como a sus creadores y a sus dioses? Recordemos que los primeros seres que hicimos no supieron admirar nuestra hermosura y ni siquiera se dieron cuenta de nuestro resplandor. Veamos si, al fin, podemos crear seres más dóciles a nuestro intento.

Después de decir tales palabras, empezaron a formar, con barro húmedo, las carnes del nuevo ser que imaginaban. Lo modelaron con cuidado. Poco a poco lo hicieron sin descuidar detalle. Cuando estuvo completo entendieron que tampoco, por desgracia, servía, porque no era sino un montón de barro negro, con un pescuezo recto y tieso; una boca desdentada, ancha y torcida, y unos ojos ciegos, descoloridos y vacíos, puestos sin arte ni gracia a diferente altura y a cada lado de la cara, cerca de las sienes. Vieron, además, que estos muñecos no podían permanecer de pie, porque se desmoronaban, deshaciéndose en el agua. Sin embargo, el nuevo ser tuvo el don de la palabra. Ésta sonó armoniosa como nunca jamás música alguna había sonado ni vibrado bajo el cielo. Los muñecos hablaron, pero no tuvieron conciencia de lo que decían; y así ignoraron el sentido de sus palabras. Al ver esto, los dioses dijeron:

—Viviréis a pesar de todo, mientras vienen mejores seres; viviréis en tanto llegan quienes os han de substituir. En esta espera lucharéis para multiplicaros y mejorar vuestra especie.

Y así sucedió. Los dioses contemplaron con tristeza a aquellos seres frágiles que se alejaban, y dijeron:

—¿Cómo haremos para formar otros seres que de veras sean superiores, oigan, hablen, comprendan lo que dicen, nos invoquen y sepan lo que somos y lo que siempre seremos en el tiempo?

En silencio y meditación quedaron mientras se desarrollaban las manifestaciones tremendas de la noche. Entonces la luz de un relámpago iluminó la conciencia de la nueva creación.

Los nuevos seres fueron hechos de madera para que pudieran caminar con rectitud y firmeza sobre la faz de la tierra.

Las estatuas formadas parecían verdaderas gentes; se juntaron y se acoplaron en grupos, y, al cabo de tiempo, procrearon hijos. Pero en sus relaciones dieron muestras de no tener corazón. Eran sordos sus sentimientos. No podían entender que eran seres venidos a la tierra por voluntad de los dioses. Caminaban por las selvas y por las veredas abiertas en las laderas de las montañas; bordeaban los cauces de los ríos y trepaban hasta las copas más altas de los árboles. Iban como seres abandonados, sin norte ni destino. Siempre estaban a punto de caer. Y cuando caían, no se levantaban más. Perecían entre el lodo. En su torpeza no adivinaron ni su origen, ni el lugar en que se hallaban, ni la ruta que seguían. Ambulaban como seres inservibles. Eran muertos con vida. Y como al final de muchas jornadas tampoco comprendieron quiénes eran los dioses, cayeron en desgracia. Hablaban, tenían conocimiento de lo que decían, pero no había en sus palabras expresión ni sentimiento. Además, como no tenían corazón justo, ni piernas ágiles, ni manos fuertes, ni tripas útiles, resultaron estorbosos. En su torpeza no comprendieron tampoco la presencia de los dioses, padres y señores de lo que respira y madura. Vivieron durante varias generaciones engañados por la rigidez y el egoísmo de sus espíritus. La fatalidad quiso que tampoco fueran mejores que ninguno de los seres castigados antes. Cuando pudieron hablar, se notó que en el ruido de sus palabras no había ni razón ni orden. Sus rostros trigueños, como el color de la tierra, permanecieron inmóviles, tiesos. Por su cachaza parecían estúpidos. Por esta causa también fueron condenados a morir. Cuando menos lo esperaban, vino sobre ellos una lluvia de ceniza que opacó su existencia. La ceniza cayó sobre sus cuerpos, violenta y constantemente, como si fuera arrojada con furia por mano fuerte y desde arriba. Luego los dioses dispusieron que la tierra se volviera a llenar de agua y que ésta corriera por todas partes y cayera en los abismos y los barrancos y los rebosara y subiera sobre las rocas y los montes y más allá de los picachos de las más altas cimas y rozara el fleco de las nubes. Así sucedió. Esta inundación, que duró muchas lunas, lo destruyó todo. Todavía los dioses hicieron nuevos seres con nueva sustancia natural. De *tzite* fue hecho el hombre; de *espadaña*, la mujer; pero tampoco correspondieron estas figuras a la esperanza de

sus creadores. Por esto se presentó el pájaro Xecot-
covah, el cual clavó sus garras en la tierra y sacó con
su pico la yema de los ojos de aquellos seres. Vino
luego el felino Cotzbalam, el cual hurgó sus cuerpos,
rasgó sus venas y mascó sus huesos, hasta dejarlos
convertidos en astillas. Vinieron en seguida otras fieras no menos crueles que se cebaron en sus des-
pojos.

Sucedió que, a raíz de esto, se oscureció la tierra
con oscuridad grande y de mucho miedo, como si
descendiera sobre lo creado un manto espeso y poblado de tinieblas. En medio de la desolación, y ante
los sobrevivientes que se debatían con angustia de
muerte, casi sin esperanzas de salvación, se presentaron los pequeños seres, cuya alma había sido invisible hasta entonces. Irritados, vociferando, se pusieron a decir voces terribles y altivas. A los que todavía
alentaban les dijeron:

—Debéis oírnos porque es justo. Creísteis que éra-
mos cosas vacías. Éste fue vuestro engaño. Nos hicisteis sufrir, pero ya nos hemos cansado de tanta ini-
quidad. Ahora sufriréis castigos tremendos. De hoy
en adelante vuestra carne será comida.

Las piedras de moler dijeron:

—Vosotros nos gastasteis; día con día, desde el
amanecer hasta la noche, nos estuvisteis rascando y
amolando. Siempre estabais muele que muele sobre
nuestros vientres endurecidos y negros. Continua-
mente se oía el *holi-holi* y el *hugui-hugui* que hacía la
masa de maíz batida bajo nuestro brazo y sobre nuestro pecho y nuestros hombros. Por nuestras patas
escurrían los residuos húmedos y olorosos. Tal era

vuestra inquina y tal nuestro sufrimiento. Todo lo soportábamos con resignación y en silencio, porque pensábamos que ibais a estimar nuestro sacrificio. Pero, ¡cuán grande fue nuestro engaño! Ya vemos, al cabo del tiempo, que no merecíais nada. Ahora pulsaréis nuestra fuerza; ésta será nuestra venganza; y ésta vuestra ruina.

Y luego los perros dijeron:

—¡Cuántas veces, por vuestra culpa, no probamos bocado, ni lamimos hueso, ni bebimos sorbo de agua, ni logramos, para dormir, un rincón de tierra fresca; y muertos de hambre y de sed, desfallecidos, con la lengua de fuera, nos quedamos como trastos inservibles en el basurero de la choza! Desde lejos os mirábamos con ojos de miedo y de súplica. Acurrucados y temblando vivíamos, si era vida aquella que sufríamos por vuestra culpa. Nos manteníamos de pie delante de vuestra presencia. Si nos acercábamos para husmear vuestras manos, nos echabais fuera, con palabras rudas o con golpes de vuestros pies. Aún nos duelen nuestras posaderas y todavía tenemos llagados nuestros lomos. Con esta dureza y tiranía fuimos tratados siempre en vuestras casas y en vuestros solares. Pero, sandios, ¿por qué no comprendisteis lo que alguna vez tendría que suceder? Tarde o temprano tenía que llegar la hora en que todo aquello sería acabado. Ahora nos alzamos delante de vosotros: inofensivos estáis, apenas si os podéis valer. Lástima tenemos de vuestra ruina. Ahora os tenemos que despedazar y matar. Haremos esto sin miramiento ni compasión. Es inútil que os defendáis. Sabed que tampoco tenéis tiempo para lamentaciones. En seguida, aunque os pese, probaréis la fuerza que tenemos enterrada en nuestros hocicos y en nuestras patas.

Las ollas dijeron:

—Nos hicisteis sufrir quemando y ahumando nuestras bocas, nuestras orejas, nuestras panzas y nuestros cuellos. Siempre nos tuvisteis sobre el fuego o sobre las brasas. Con tanto calor se agrietaron nuestras carnes. Para descansar nos dejabais encima de la ceniza caliente o junto al rescoldo. Duro e interminable era nuestro oficio. Nadie nos compadeció ni tuvo lástima por más que hicimos, cantando por las noches desde los rincones negros de las cocinas o junto al fogón de los patios. Nadie nos brindó paz ni sosiego, ni nos dio reposo ni consuelo. Pero este martirio ha terminado. Ahora os comeremos; mas, antes, os torturaremos, poniendo vuestros cuerpos en parrilla sobre hogueras. Seremos sordas a vuestro clamor.

Los jarros dijeron:

—Mucho y constante dolor nos causasteis. No queremos ni recordarlo, porque así nos enardecemos y nos enfadamos más y más. Pero ahora ha llegado el instante de nuestro desquite. Duro será para vosotros este tiempo, porque vendrá una tormenta de granizo y de ventisca sobre vuestras espaldas desnudas.

Cuando aquellos conatos humanos oyeron tanta acusación, espantados, temblorosos, se juntaron como mazorcas tiernas. Así, apretados, unos al lado de los otros, huyeron de aquel lugar, cual si se alejaran de sitio apestado. Como pudieron, azorados, atropellándose, subieron sobre los techos de las casas, pero los armazones y las vigas se hundieron; treparon a los árboles, pero las ramas se quebraron; entraron en las cuevas, pero las paredes se derrumbaron. Y todavía los que no murieron bajo las chozas ni se rajaron los huesos bajo los árboles ni se desangraron bajo las cuevas, ciegos de miedo y de ira acabaron por despedazarse entre sí. Los pocos que no sufrieron quebranto, como recuerdo de la simpleza de sus corazones, se transformaron en monos. Éstos se fueron por ahí y se perdieron en el monte, llenándolo con la algazara que salía de sus hocicos. Por esta causa los monos son los únicos animales que semejan y evocan la forma de los primitivos seres humanos de la tierra quiché.

Entonces los dioses se juntaron otra vez y trataron acerca de la creación de nuevas gentes, las cuales serían de carne, hueso e inteligencia. Se dieron prisa para hacer esto porque todo debía estar concluido antes de que amaneciera. Por esta razón, cuando vieron que en el horizonte empezaron a notarse vagas y tenues luces, dijeron:

—Ésta es la hora propicia para bendecir la comida de los seres que pronto poblarán estas regiones.

Y así lo hicieron. Bendijeron la comida que estaba regada en el regazo de aquellos parajes. Después dijeron oraciones cuya resonancia fue esparciéndose sobre la faz de lo creado como ráfaga de alhucema que llenó de buenos aromas el aire. No hubo ser visible que no recibiera su influjo. Este sentimiento fue como parte del origen de la carne del hombre. A tiempo que sucedía esto faltaba poco para que el sol, la luna y las estrellas aparecieran en el cielo. De lugares ocultos, cuyos nombres se dicen en las crónicas, bajaron, hasta los sitios propicios, el Gato, la Zorra, el Loro, la Cotorra y el Cuervo. Estos animales trajeron la noticia de que las mazorcas de maíz amarillo, morado y blanco, estaban crecidas y maduras. Por estos mismos animales fue descubierta el agua que sería metida en las hebras de la carne de los nuevos seres. Pero los dioses la metieron primero en los granos de aquellas mazorcas. Cuando todo lo que se dice fue revelado, fueron desgranadas las mazorcas, y con los granos sueltos, desleídos en agua de lluvia serenada, hicieron las bebidas necesarias para la creación y para la prolongación de la vida de los nuevos seres. Entonces los dioses labraron la naturaleza de dichos seres. Con la masa amarilla y la masa blanca formaron y moldearon la carne del tronco, de los brazos y de las piernas. Para darles reciedumbre les pusieron carrizos por dentro. Cuatro gentes de razón no más fueron primeramente creadas así. Luego que estuvieron hechos los cuerpos y quedaron completos y torneados sus miembros y dieron muestras de tener movimientos apropiados, se les requirió para que pensaran, hablaran, vieran, sintieran, caminaran y palparan lo que existía y se agitaba cerca de ellos. Pronto mostraron la inteligencia de que estaban dotados, porque, en efecto, como cosa natural que salió de sus espíritus, entendieron y supieron cuál era la realidad que los rodeaba. Conocieron también lo que había debajo del cielo, lo que se erguía encima de la tierra y lo que temblaba dentro del espacio oculto y poblado por el viento. Aunque todavía la superficie de la tierra estaba sumida en tinieblas, tuvieron poder para mirar lo que no había nacido ni era revelado. Dieron señales de que poseían sabiduría, la cual con sólo querer, la comunicaron al cogollo de las plantas, al tronco de los árboles, a la entraña de las piedras y a la hoguera enterrada en la oquedad de las montañas. Estos seres fueron Balam Quitzé, Balam Acab, Mahucutah e Iquí Balam.

Cuando los dioses presenciaron el nacimiento de estos seres, llamaron al primero y le dijeron:

—Habla y dinos por ti y por los demás que te acompañan: ¿qué ideas tienes de los sentimientos que te animan? ¿Es bueno y airoso tu modo de andar? ¿Ejercitas con gracia tu mirada? ¿Es justo y claro el lenguaje que usas? ¿En toda ocasión lo recuerdas bien? ¿Entiendes lo que aquí se dice y se sugiere? Si todo lo que haces es cabal, te será dable ver lo que está depositado en las cosas con fuerza de fructificación. Si es así, debes ir a recogerlo y a poseerlo. Haz que tus hermanos procedan de igual manera que tú. Si no es así, permanece quieto en tu sitio; de ahí no te muevas y procura que tus hermanos sigan tu ejemplo. Todos deben tener medida de su poder.

Al oír estas palabras, los nuevos seres vieron que eran cabales sus sentidos y quisieron mostrar su agradecimiento. Para mostrarlo, Balam Quitzé habló, a nombre de los demás, de esta manera:

—Nos habéis dado la existencia; por ella sabemos lo que sabemos y somos lo que somos; por ella hablamos y caminamos y conocemos lo que está en nosotros y fuera de nosotros. Es de esta manera como podemos entender lo grande y lo pequeño y aun lo que no existe o no está revelado delante de nuestros ojos. Así percibimos ya dónde descansan y se apoyan las cuatro esquinas del mundo, las cuales marcan los límites de lo que nos rodea por abajo y por arriba.

Pero ha de saberse que los dioses no vieron con agrado las consideraciones que de su propio saber hicieron, con tanta franqueza, los nuevos seres. Por eso los dioses conversaron entre sí:

—Ellos comprenden —dijeron— lo que es grande y lo que es pequeño y saben la causa de esta diferencia. Pensemos en las consecuencias que puede tener este hecho en el ejercicio de la vida. La energía de esta lucidez ha de ser nociva. ¿Qué haremos para remediar el peligro que se desprenderá de tan evidente actividad? Meditémoslo. Hagamos que los nuevos seres conozcan una parte de la tierra que les rodea. Sólo algo de lo que existe les será revelado. No lo conocerán todo, porque no sabrían comprender su sentido ni menos usarlo con provecho. Se engañarían con el secreto que tiene el orden del caos. Es preciso limitar sus facultades. Así disminuirá su orgullo. Los desmanes que cometan serán de menos alcance. Si los abandonamos y llegan a tener hijos, éstos, sin duda, percibirán más que sus abuelos y habrá un momento en que entiendan lo mismo que los propios dioses. Por esto es preciso reformar sus deseos y sus sueños, para que no se aturdan ni envanezcan cuando se abra en el horizonte la claridad del día que ya viene. Si no se hace esto pretenderán, en su locura y desvío, ser tanto o más que nosotros mismos. Estamos a tiempo para evitar este peligro, que será fatal para el orden fecundo de la creación.

A fin de que estas gentes no estuvieran solas, los dioses crearon otras de sexo femenino. Las formaron como se cuenta en seguida. Durmieron a los machos y mientras dormían crearon a las hembras. Junto a ellos las pusieron desnudas y quietas, como si fueran muñecos de madera pulida. Cuando los machos despertaron, las vieron con regocijo, porque, en efecto, eran hermosas. Al mirarlas tan esbeltas, de piel tan lustrosa y tersa y de tan plácido aroma, se sintieron llenos de alegría y de complacencia y las tomaron por compañeras. Luego, para distinguirlas, les pusieron nombres apropiados, los cuales eran de mucho encanto. Cada nombre evocaba la imagen de la lluvia según las estaciones. Una vez que estas parejas se vieron con regalo y se conocieron en la intimidad de sus cuerpos, engendraron nuevos seres con quienes se empezó a poblar la Tierra. Muchos de estos seres nacidos fueron, con el tiempo, grandes y diestros; y poseyeron artes difíciles, no reveladas nunca a los vulgares. Por esta razón los dioses, desde las tinieblas, los escogieron para ser *Adoradores* y *Sacrificadores*, que son oficio de dignidad que no a todos cuadra ni conviene. Las primeras gentes engendradas tuvieron la misma belleza de sus madres y el mismo poder de sus padres, y supieron adivinar el misterio de su origen.

De esta suerte Balam Quitzé y los otros abuelos resultaron ser el principio de las gentes que luego vivieron y se desarrollaron durante las peregrinaciones y el asiento de las tribus del quiché. No se olviden los nombres que se dicen a fin de poder conocer la estirpe de los que luego nacieron. Estos seres primitivos se propagaron por la tierra que está en la región del Oriente.

Durante un tiempo vivieron en quietud, pero luego decidieron, por razones que se ocultan, partir hacia rumbos extraños que se designan *de las cuevas y de los barrancos.* Así salieron del sitio en que hasta entonces habían vivido prisioneros. En su peregrinación treparon montañas y cordilleras. Al cruzar las cimas sufrieron, con dolor indecible, el frío de aquellos lugares, porque el fuego que traían consigo se extinguió bajo las ráfagas de arriba. Entre sus manos la brasa se tornó ceniza y humo. Esto fue una fatalidad y una prueba. Tuvieron que detenerse. A punto estuvieron de regresar al lugar de su primer asiento, tan cruel era el martirio que sufrían bajo las ventiscas de arriba. Al ver esto Balam Quitzé, desesperado, dijo:

—Tojil, danos otra vez el fuego que nos legaste; dánoslo, porque mis gentes perecen de frío.

Tojil, por primera vez durante la peregrinación, habló:

—Te digo que no debes afligirte ni desesperarte, porque, en su hora, tendrás tú y los tuyos el fuego que habéis perdido. Fortalece, mientras tanto, tu paciencia y haz que tus gentes hagan lo mismo. Las privaciones que sufrís no se prolongarán mucho tiempo.

Balam Quitzé transmitió dichas palabras a sus gentes. Entonces éstas, llenas de esperanza, se juntaron. Para calentarse se frotaban unas contra las otras; danzaban sin cesar; y golpeaban sus pechos con sus manos. Soplaban su aliento sobre sus caras ateridas.

Al notar tan resignado dolor, Tojil, en la oscuridad que le era propicia, con una piedra golpeó el cuero de su sandalia, y de ella, al instante, brotó una chispa, luego un brillo y en seguida una llama y el nuevo fuego lució esplendoroso. Al verlo lucir lo tomó entre sus manos y lo dio a Balam Quitzé, a fin de que fuera repartido entre las gentes. Éstas, que ya se morían de frío, lo recibieron llenas de regocijo. Con él se calentaron; revivieron y tuvieron ánimo para respirar a gusto y continuar su viaje.

Mas, por aquel entonces, llegaron las tribus rezagadas. Con más apremio clamaban por el fuego que habían perdido. Daba lástima verlas y oírlas. Sus gentes estaban tullidas y agarrotadas por el frío que sentían y que les habían llegado hasta los huesos. Las carnes de sus cuerpos se rajaban y se hendían y agrietaban y destilaban agua y pus. Sus pies eran llagas que se abrían sobre las piedras. No podían ni hablar, porque sus dientes chocaban unos contra otros mordiéndose la lengua que sangraba y caía en pedazos. Ante los que ya tenían fuego decían:

—Por piedad no os avergoncéis de nosotros porque con estas palabras y estas manos os rogamos que nos deis parte del fuego que recibisteis. Si no nos lo dais moriremos. ¡Ya nos es imposible sufrir más el frío que agobia nuestras carnes!

Balam Quitzé oyó, sin entender casi, lo que decían aquellas gentes y les indicó que se aproximaran. Cuando las vio cerca y sumisas les gritó así:

—Decidme: ¿en qué lengua habláis? ¿De dónde habéis sacado esos ruidos extraños que salen de vuestras bocas? ¿Acaso ya no sabéis el idioma que todos, por igual, usábamos en la tierra de Tulán? ¿Qué habéis hecho de las palabras que antes conocíamos y nos eran familiares y gratas? ¿En qué confusión habéis caído? ¿Por qué nos miráis así con rostros azorados sin dar muestras de entendimiento ni de sensibilidad? Mudos parecéis, no obstante el parloteo de vuestras bocas.

Decía esto con acento iracundo, con ánimo recio, con deseo de maltratar a tales gentes. Si le hubiera sido dable habría acabado con ellas. Éstas ya se retiraban, doblegadas, cuando, de pronto, apareció un enviado de Tojil que habló de esta manera:

—Habéis de saber, propios y extraños, que Tojil es nuestro dios. A los que ya tienen fuego yo les digo: no lo compartáis sino hasta que las tribus rezagadas digan qué darán por él. Justo castigo será éste por su descuido y porque, sin razón, cambiaron de lengua.

El enviado que así habló era alto y oscuro y tenía en la espalda alas lustrosas, como de murciélago. Con las voces que dijo y que todos oyeron y adivinaron, las gentes rezagadas volvieron a reclamar el fuego porque de veras ya no podían vivir en la situación en que se encontraban. Desnudas, ocultaban sus manos debajo de sus sobacos y gemían como ratones mojados. Delante de los Abuelos volvieron a decir:

—¿No os compadeceréis de nuestra desgracia? ¿No nos juntábamos antes bajo el mismo techo, cerca del mismo árbol, mientras bebíamos, en idéntica jícara, nuestra bebida común? ¿Sin discordia ni rencor no encendimos, avivamos y gozamos el fuego que heredamos de nuestros antepasados? Si es para sufrir tanto, ¿por qué salimos de Tulán cuando allí teníamos paz y alegría y sueños plácidos bajo las noches que se reflejaban en el agua de los lagos?

Pero quien pudo les replicó:

—Ya lo habéis oído, ¿qué nos daréis en cambio del fuego que perdisteis y que nosotros tenemos ahora?

Uno de los más cercanos dijo:

—Daremos los metales preciosos que trajimos de nuestras antiguas casas de allá arriba y de allá lejos.

—No los queremos.

—Entonces, ¿qué es lo que queréis?

—Esperad; pronto sabréis qué es lo que solicitamos a cambio del fuego.

Los Abuelos se apartaron y en sitio adecuado y oculto hablaron con la sombra de Tojil (que su figura corpórea aún no la podían ver) y le dijeron:

—Tojil, óyenos y contéstanos: ¿qué cosa será bueno pedir a las tribus rezagadas a cambio del fuego que quieren con tanto apremio?

—Tojil contestó:

—Cuando suenen los atabales, ¿querrán rendirnos adoración y ofrecernos el tributo de sus vidas, sin miedo ni repulsa? Si aceptan estas condiciones, decidles que no tarden en mostrar su asentimiento.

Los Abuelos transmitieron la respuesta de Tojil. Al oír tales condiciones, las gentes rezagadas, sin poderse contener, sin medir la dureza de la prueba, gritaron felices.

—¡Aceptamos a Tojil y le tendremos por dios y le adoraremos conforme a lo mandado y nos someteremos a las exigencias de sus *Sacrificadores!*

En cuanto dijeron esto recibieron el fuego que ya habían multiplicado las tribus de Balam Quitzé. Con el fuego que recibieron se recobraron; volvieron a la tranquilidad, a la vida, a la razón y a la alegría. Estaban satisfechas como si nunca nada hubieran sufrido. En su contentamiento empezaron a cantar canciones que llenas de dulzor salían de sus bocas. El placer borra la memoria del dolor. Quemaron luego maderas resinosas y bebieron jugos de frutas ácidas. Tojil, al ver tanta sumisión, ya no exigió el sacrificio que había pedido. Apenas estas tribus recogieron el fuego, otras tribu, con fama de belicosa, se atrevió a tomarlo, de modo violento y oculto, de las mismas manos de las gentes que ya lo tenían. La tribu que se atrevió a tanto vivía bajo el mando del dios Chamalkán. Este dios tenía forma de vampiro y lucía garras puntiagudas y curvas como de águila; orejas arratonadas y dientes blancos, largos y filosos. Era célebre que esta tribu no sabía pedir ni mendigar nada; ni la comida ni el lecho ni la tierra ni la sombra de los árboles; que todo, como cosa suya, lo tomaba o lo arrebataba de modo violento, sin detenerse ante la resistencia ni ante la muerte del contrario o del enemigo. Tenía, sin embargo, su virtud: complacida y sumisa sabía entregar, para el sacrificio, a los esclavos que cebaba en jaulas de caña. Los *Sacrificadores* los recibían con bulla; los adornaban y luego, en ceremonia de aparato y ostentación, les sacaban las entrañas. Esta tribu traía, de lugares de su procedencia, entre otras cosas buenas, la costumbre del ayuno. Ayunaba conforme a un rito cuyo símbolo guardaba en secreto. En los días señalados en su calendario sólo comía migajas de pan y granos de maíz. Se quedaba sin tomar nada durante un tiempo que contaba con precisión. Nunca había quebrantado esta costumbre, que venía desde los tiempos antiguos de su origen. Se recreaba en la soledad en que vivía. Era capaz de contemplar la estrella de la mañana; con su belleza y su resplandor se consolaba de las penas. Bajo su signo aprendió a tener fe en el destino que le estaba reservado. Gracias a esta fe pudo, al fin, oír las palabras de Tojil, cuando éste dijo a las tribus sumisas y allegadas:

—Oíd lo que ahora os digo. Por la entereza de que habéis dado prueba, os cambio la ley que debéis acatar. En señal de sacrificio, sangraréis tan sólo las orejas y los codos; haced esto con buen ánimo y rostro sonriente; mostrad valor delante de mí porque antes la cobardía os servirá de daño que de provecho.

Así fue como, de buen grado, esta tribu díscola se sometió. La salvó la fe que llevaba en el corazón. Sobre todas las tribus, desde entonces, Tojil esparció los beneficios de su poder y de su influencia. Una como alegría inefable maduró en el espíritu de todos.

CON EL AUXILIO DE LOS DIOSES que se mencionan abandonaron las gargantas y los desfiladeros de las montañas en que estaban; descendieron hasta los lugares en que se veía el mar —del cual tenían noticias vagas y misteriosas—; avanzaron todavía hacia el sur y se internaron por lugares de pantanos y de esteros llenos de peligros y de dificultades. Por esta causa los Abuelos, angustiados, dijeron:

—Tojil, no nos abandones; danos tu palabra; muéstranos el camino que tú, primero que nadie, conoces y por el cual iremos hasta la tierra que en silencio nos prometiste. No nos dejes caídos.

Cuando los Abuelos lo creyeron conveniente anunciaron el segundo alto que debían hacer. Estaban en tierra extraña y pedregosa, pero no les fue posible acampar en ella mucho tiempo, porque la cruzaban barrancos y hendiduras y grietas de donde salían animales inmundos que poblaban el aire de peste, de miedo y de ruido. El agua que encontraron era oscura; y los vientos que soplaban, agrios. Las ramas se doblaban al borde de los caminos deshechos —sitios por donde antaño corrieron ríos y torrentes—. Por esta causa, sin esperar orden, abandonaron estos lugares inservibles para el reposo de la gente. Así siguieron caminando por tierras que ya habían sido recorridas por otros viajeros. Avanzaron por veredas sinuosas, bordeadas por abundante maleza. Cruzaron la planicie de extensas ciénagas cubiertas por enjambres de bichos ponzoñosos que atacaban con furia a los caminantes. No se detuvieron sino hasta que los Abuelos ordenaron el tercer alto. Estaban en la tierra de Chi Pixab, donde había cerros propicios para que las gentes se guarecieran de las fieras esparcidas por allí. Lucharon contra ellas en forma desesperada. Sin cesar morían los hombres en las garras de los tigres que acechaban, o perecían entre los dientes de los lagartos que se deslizaban por la orilla de las aguadas y bajo las malangas de los charcos. Pelearon con ánimo angustioso sin tiempo para descansar ni para lograr refugio más seguro. En vista de esto los Abuelos consultaron de nuevo a Tojil y con su parecer decidieron que se levantara el campo y que continuara la peregrinación hacia los lugares que más adelante se dicen. El nuevo alto lo hicieron junto a una llanura terrosa. Entonces Tojil dijo a los Abuelos:

—Tampoco es bueno que aquí os detengáis. Pronto asolarán estos lugares los vientos que bajan de los montes lejanos que cubre el horizonte del sur. Caminad más, hasta que recibáis una señal. Fijaos en la hora del amanecer que se acerca. En esta hora sabréis distinguir mejor el sitio que conviene y que está señalado en el calendario que no conocéis todavía.

Los Abuelos, después de ponerse de acuerdo en Consejo, dijeron entonces:

—Es verdad; busquemos otros sitios más adecuados para nuestra seguridad y para nuestro regalo. Avancemos hasta los límites de los horizontes, donde se destaca la sombra de ese monte; lleguemos cuanto antes a él.

Desarmaron sus chozas, cargaron la piedra de sus

dioses y siguieron caminando. Los Abuelos iban delante, ojo avizor. En todos nació el presentimiento de que el final de la jornada se acercaba. En el corazón de los hombres creció la energía; y en el de las mujeres, de los ancianos y de los niños amenguó el cansancio. Al cabo de no se sabe qué tiempo llegaron a los linderos de la montaña que habían visto. Era alta y de laderas escarpadas, de tupida vegetación, entre espinosa y plácida. La llamaron, desde que la vieron, con el nombre de Hacavitz. Subieron a ella por las vertientes del ocaso, reptando entre las rocas y las malezas. Al llegar a la cima, los más audaces anunciaron que ésta era ancha y sólida y que ofrecía grato sitio para el descanso.

Los Abuelos hicieron más; examinaron con sus ojos y con sus manos la naturaleza de aquel lugar que parecía iba a ser el último de su peregrinación. Cuando todos se cercioraron de que aquel sitio era propio para su refugio y alegría, dentro de sus espíritus, descansaron. Se regocijaron más y más porque desde arriba vieron que la estrella de la mañana estaba prendida sobre el horizonte, y que como presagio de gloria se había hecho más lúcida. Ante su presencia quemaron incienso, al mismo tiempo que ofrecían el testimonio de sus corazones. El incienso se transformó en nube, que en la paz de la mañana ascendió con lentitud hasta lo alto, más allá de lo que podía verse con los ojos. Cada abuelo quemó, de acuerdo con el signo de su fe, una porción distinta. Mientras quemaban estos inciensos lloraron y cantaron de placer. Entre las gentes se filtró una claridad que nunca antes había venido sobre la tierra y que partía de la cueva del Levante. De pronto, cuando más extasiados estaban en estas contemplaciones, Tojil dijo:

—Está bien que hayáis ocupado esta montaña y estas laderas por donde se escurre el agua de la lluvia y de las fuentes secretas que nacen bajo las piedras y las guijas. Un día descubriréis su origen y haréis de él razón de vida y de arraigo. Hablo por mí y por los dioses que me acompañan. Ahora os digo: como somos de vosotros, vosotros sois de nosotros. De hoy en adelante nada nos podrá separar. En esta hora de prueba, invocad a quien debéis. Vigilad sin descanso los sentimientos de las gentes allegadas, porque habéis de saber que sólo a los buenos daremos consejo y nuestra ayuda. Poned cuidado en lo que pensáis y en lo que hacéis y en lo que por vuestro mandato se cumple. Aprended a cuidaros, guardando nuestro recuerdo; pero no nos atormentéis con la historia de vuestros dolores que son justos e inevitables. Sabed que aun sin palabras conocemos vuestras intenciones. Sabed que en silencio os oímos. Dadnos, en cambio, los críos de los pájaros y de las bestias que por estos lugares habitan. Dadnos también vuestra sangre sin que os causéis daño, que no os pedimos muerte sino vida. A quienes os pregunten dónde estamos, decidles lo que conocéis de nuestra presencia y no más. Grandes cosas podréis hacer si ante nosotros vemos, en concordia y sumisión, a las gentes allegadas.

Al oír esto los Abuelos, con acento concordado, dijeron:

—Ahora ya no se perderán nuestros nombres,

porque los dioses hablaron y porque nuestra razón es una. Nunca será dispersada nuestra gente. Su destino vencerá los días aciagos que han de venir en tiempo que no se sabe. Siempre tendrá asiento seguro en la tierra que hemos ocupado.

Luego que dijeron estas palabras, pusieron nombre y dieron título a las tribus que se habían juntado. Así fueron conocidas y divididas las tribus que prevalecerían. Hecho esto esperaron que se alzara otra vez la estrella de la mañana que antes, por un instante, habían visto. Mientras tanto, en el lugar más abrupto de la montaña de Hacavitz, los abuelos descubrieron un sitio lleno de escamas y de dientes, de garras y de plumas de animales muertos, antaño sacrificados. Con esto hicieron esencias propias para ahuyentar el mal y para arraigar el bien. Los Abuelos sabían que las discordias se apagan con colmillos de liebre, y el talento se afirma con huesos de hicotea. Después de apurar estas diligencias los Abuelos tuvieron tranquilidad de espíritu y respiraron con anchura en sus pechos. Luego en sus corazones dijeron:

—Ojalá que aquí veamos, al fin, la salida del sol. ¿Acaso no merecemos este bien? ¿Acaso no vivía en nuestras mentes este sitio? Si es así, nada nos debe separar ahora, frente al anuncio de la claridad. La alegría se alza en el horizonte. En la soledad de las tinieblas que nos cercan, veremos los cielos abiertos y fortalecidos.

Decían estas palabras cuando de veras se anunció con resplandor el amanecer que deseaban en lo hondo de sus conciencias.

Los Abuelos se ocultaron, temerosos de que las

gentes vulgares, incitadas por la luz, los menospreciaran. El sol subió por el cielo, y sobre la tierra se esparció su lumbre. Todo empezó a temblar con temblor de vida. Pero el calor del sol no fue suficiente para enardecer la carne y endurecer los huesos. Hubo que esperar también que la canícula incendiara el aire y secara las hojas y los cogollos para que las gentes pudieran caminar valientes encima del suelo, antes enfangado.

Al suceder esto reaparecieron los grandes y los pequeños animales, los cuales empezaron a mostrar sus inclinaciones dulces y ariscas. Desde la cumbre de la montaña que se dice, las gentes miraron la anchura de la planicie que se abría, el camino de los ríos, el macizo oscuro de los bosques, y, en la distancia lejana, la reverberación violácea del mar que se confundía con la línea inmóvil del cielo. En los barrancos se quebraba el rugido de los jaguares y de los tigres, el gruñido de los jabalíes y el maullido de los gatos salvajes. De las aguadas y de los esteros subía, mientras tanto, el croar de las ranas y de los sapos de ojos saltones, negros y verduscos. Por los pantanos se deslizaban las manchas terrosas y espesas de los lagartos que abrían sus fauces ávidas; y entre los abrojos, se escurrían las serpientes y las víboras que, a veces, se ahogaban en el fango. Los loros gritaron en ese momento su más estridente y prolongado grito. Cuando estos ruidos llegaron hasta el sitio en que se habían detenido las gentes, éstas se agitaron llenas de alegría. Era como si hubieran encontrado abierta la puerta cerrada de la vida que esperaban desde tiempo inmemorial.

Y así fue como, en estos solares, quedaron establecidas las tribus de que se habla. Pronto construyeron caminos y veredas que iban entre la selva y la maleza, trepando, de trecho en trecho, sobre los lomeríos. De este modo se comunicaron entre sí las dichas tribus. Levantaron también montículos de lodo y de piedra para poner vigías que miraran hacia lo lejos y con su aviso previnieran el peligro que podía existir. En efecto, sobre estos montículos treparon los hombres más diestros o más experimentados en los ejercicios de atalaya o escucha. Permanecieron en sus sitios, horas y horas escudriñando el horizonte o atendiendo el menor ruido en los campos circunvecinos. A la más leve señal extraña clamaban voces que engrandecían y esparcían por medio de caracoles y canutos. Las voces entonces retumbaban como trueno de tempestad por los ámbitos poblados, agrietando las sombras y poniendo sobresalto y agonía en los corazones. Las manos de los hombres se crispaban sobre el puño de sus mazas, mientras sus pies, pezuñas fieras, hendían y rajaban hasta lo hondo los terrenos del suelo. Por mejor guardar su decoro los Abuelos vivían ocultos entre los montes, bajo techos pajizos o en cuevas abiertas en las laderas de la montaña, del lado por donde se pone el sol.

Sólo tenían acceso a estos lugares los que estaban ciertos del misterio de la vida de aquellos patriarcas. Apenas si estos iniciados conocían el rumbo y el derrotero de los caminos que llegaban hasta los sitios en que se escondían los jefes.

Sépase que los Abuelos, por la noche, y más si la noche era oscura y estaba preñada de silencio y de misterio, salían de sus guaridas, se deslizaban sobre las malezas más prietas y se ponían a gritar y a aullar y a gruñir como si fueran bestias salvajes, ansiosas de sangre y de destrucción. Al oír estos gritos, las gentes antiguas, radicadas cerca de la montaña de Hacavitz, medrosas, se agrupaban y decían:

—Los que gritan así quieren asustarnos y meternos miedo. Para hacer esto deben tener alguna intención ladina. Estemos sobre aviso. Algo sin duda ansían provocar con sus gritos; acaso pretenden que abandonemos esta tierra que, osados, tienen ahora en su poder y toman por suya. ¿Será posible que tal cosa suceda entre nosotros? Estos intrusos nos agobian con sus amenazas. ¿Por ventura desean ahuyentarnos de los lugares que nos pertenecen desde lo antiguo? Siempre hemos vivido aquí; es justo que continuemos viviendo donde nos place y donde queremos morir. Sólo aquí podemos resucitar; en otras partes jamás volveríamos a encontrarnos completos, y nuestro dolor sería eterno. ¿Quién puede tener derecho a depojarnos de lo nuestro? Tal vez los recién llegados anhelan apoderarse de los bastimentos que nuestros hombres llevan por los caminos, de pueblo en pueblo y de aldea en aldea. Pronto, sin embargo, sabremos la verdad y con la verdad conoceremos las intenciones que animan a los intrusos y así podremos obrar de acuerdo.

Las tribus que decían esto, juntaban su comida y la aderezaban conforme a las artes que habían recibido de las manos de sus mayores. Así la comían junto al fuego de sus casas, al lado de sus mujeres, de sus hijos y de los abuelos de sus hijos. Su vida era patriarcal. Se alimentaban con miel de abejas, carne de venado y grasa de tortuga. Bebían el agua que sacaban de los cenotes que desde hacía años las generaciones pasadas descubrieron bajo las rocas. Parecían felices en su quietud y sobriedad. Nadie hasta entonces había estorbado aquel reposo. Después de comer dormían la siesta, junto a las acequias que cruzaban los patios de su heredad. Dejaban que sobre sus cabezas las golondrinas en primavera y los gorriones en invierno volaran con avidez graciosa. Algo, sin embargo, no era cabal en sus vidas, que así éstas se veían amenazadas. En ellas predominaban el egoísmo y la inquina. Esto era el pecado de la raíz de su naturaleza. Mientras tanto los Abuelos decían:

—Tojil, óyenos y míranos. Te damos esto. Ésta es la sangre de las bestias que nos pertenecen; ésta es la de nuestras orejas; ésta es la de nuestros codos; ésta es la de nuestros pies. Recíbela con bondad; mírala con ojos suaves y comprensivos. Por el bien de todos acéptala en desagravio, por nuestros descuidos y nuestras faltas. Vigila nuestra vida y no nos quites nuestra fuerza ni amengües nuestra voluntad.

Luego añadieron:

—Estemos en paz con nosotros mismos; no encendamos disputas ni desconciertos. Obremos de acuerdo con la quietud y la libertad de nuestros corazones. Si no trabajamos así, ¿quién lavará el cuerpo de nuestros muertos? ¿Acaso tendremos que enterrarlos, como en días de guerra, sucios e impuros, al borde de los barrancos o en la soledad de la selva para librarlos de los dientes de los animales inmundos? ¡Ojalá que esto no suceda! ¡Ojalá que si sucede no lo veamos con nuestros ojos! —La sangre que se dice la depositaron sobre la piedra de los sacrificios. Hacían esto cuando Tojil dejó oír sus sentencias:

—Llorad y os conservaréis; llorad y no pereceréis. Las lágrimas son buenas para el cuerpo y para el espíritu. Recordad que de Tulán partimos; pensad que aún no se borra la huella que dejamos sobre los caminos abiertos entre montañas y malezas y lugares abruptos y al parecer inaccesibles. Aún hoy se recuerda nuestro paso por el mar. Junto a las rocas costeras se estrellaban y se rompían las olas cuando cruzamos lugares que estaban señalados en nuestro itinerario.

Después de oír estas palabras, los Abuelos empezaron con ahínco a plagiar, durante la noche, a las gentes dispersas y extrañas que encontraban por los lugares cercanos. Las tomaban, las castigaban y les daban tormento torciéndoles los pies y las manos entre horquetas de palo. Cuando las veían aturdidas y a punto de desfallecer, las soltaban en medio de los bosques. Así, dando traspiés, como podían, buscaban las infelices sus caminos y retornaban a sus casas. Llegaban presas de pánico, sin saber qué pensar ni qué decir. Casi no podían imaginar nada de lo que les había pasado. Era como si salieran de una pesadilla o cosa de embrujamiento. La fama de su espanto se esparcía como polvo en días de canícula y de viento.

Más tarde los mismos Abuelos quisieron hacer cosas peores, de mayor crueldad. Sus espíritus se agriaron y se entenebrecieron. Ya nos les bastó el plagio. Acordaron entonces sacrificar a las gentes que sorprendían y apresaban cerca de la montaña de Hacavitz. Las tomaban por la fuerza, las hendían y, muertas, las ponían ante la presencia de los dioses. Era como si las ofrendaran. Pero la sangre de las víctimas se regaba por los senderos y las cabezas cercenadas y los miembros arrancados aparecían sobre las piedras. Las gentes de las tribus del llano, aceda la palabra e iracundo el espíritu, decían:

—Son los tigres del lugar los que nos atacan. Deben tener hambre y sed. Acaso llevan hechizo malo en sus espíritus. La montaña árida los expulsa y así llegan hasta aquí, que es región poblada y de regalo. Deben acercarse con ansia, deseosos de apagar sus apetitos y sus inquietudes. Busquémoslos y matémoslos.

Otros comentaban aquellos sucesos diciendo:

—¿No será esto obra de los dioses que han acampado en la cima de la montaña que llaman de Hacavitz? ¿No será que sus adoradores buscan su comida en nuestra carne? Procuremos saber la verdad y hagamos lo posible por remediar este mal o este maleficio. Sepamos, primero, dónde tienen sus guaridas o refugios y después averigüemos quiénes son los secuaces de tales dioses. Para saber esto, sigamos las huellas de sus pies y el reguero de la sangre que dejan sus víctimas. Sigamos también el rumbo que trazan los zopilotes en el cielo cuando avizoran y husmean la carroña abandonada en el monte.

Con este parecer las gentes de las tribus perseguidas se pusieron de acuerdo para defenderse de aquellas amenazas.

En efecto, se dedicaron a seguir los rastros que

dicen y que fueron descubiertos sobre la tierra húmeda de los caminos y de las veredas. Pronto vieron, sin embargo, que las señales se desvanecían entre los abrojos de los montes. Así fracasaron en su empeño por descubrir el refugio de sus enemigos. Cansados, adoloridos y con reconcomio, abandonaron la tarea que habían emprendido. Ahítos de desaliento volvieron a sus casas. Estaban deshechos, pero no vencidos. En sus magines tramaban nueva manera de proseguir sus buscas. Con arte y maña los dioses se pusieron a escudriñar los lugares más apartados y difíciles del monte. Al atardecer se guarecían en cuevas naturales o en los agujeros que las gentes antiguas habían hecho en las rocas. También se cobijaban bajo la sombra tupida de las malezas. Desde sus escondrijos incitaban a sus *Adoradores* y a sus *Sacrificadores,* para que prosiguieran en su empeño de destrucción, acechando y matando a las gentes de las tribus del lugar. Fue así como aumentó la desolación entre las gentes pacíficas del llano.

Sépase también que los dioses tomaban aspecto de muchachos cuando se presentaban a dictar sus órdenes y disposiciones. Daba gusto verlos lucir con tan espléndida gracia madura. Si querían descansar salían con cautela de sus escondrijos e iban a bañarse a la orilla de un río de agua mansa y transparente, cerca del cual existían prados cubiertos de flores y de yerbas. En un recodo se veían lajas redondeadas por la lluvia y las corrientes. Por esta razón el río se llamaba de Tojil. Las gentes que lo conocían hablaron así:

—Éste es el río de Tojil.

O bien así:

—Éste es el baño de Tojil.

Cuando, por casualidad, los dioses eran vistos, en seguida desaparecían sin dejar huella. Ni de sus pisadas quedaba rastro sobre la tierra floja. Con arte que sólo ellos conocían, perdíanse en lo más intrincado del bosque. Nadie logró jamás descubrir sus paraderos. Desaparecían como si los tragara la tierra o los mantuviera presos en su seno. Ni como fantasmas se les tornaba a ver. Pronto, sin embargo, las gentes supieron que los Abuelos eran cómplices y encubridores de los dioses recién llegados. Lo que supieron se divulgó hasta entre los hombres que vivían en parajes apartados y recónditos. Entonces las tribus, que tanto habían sufrido con los desmanes de dichos seres, decidieron agruparse y actuar con ánimo de defensa.

Como lo pensaron lo hicieron. Se juntaron en Consejo y acordaron destruir a los dioses intrusos y a los que, en nombre de los mismos, causaban tanta desolación. Con este propósito decidieron levantarse en masa y caer sobre aquellos jefes, arrebatándoles sus instrumentos de poder y ocupando luego los solares donde, con falsía y sin derecho, habían asentado el pie. Entre las tribus enardecidas se habló de esta manera:

—Hemos de acabar con las gentes *quichés* de Cavec. Ningún sujeto extraño debe quedar libre ni vivo dentro de nuestra región. Como postema debemos tratarlas; hagamos sajar la carne afectada para que la llaga se enjute y desaparezca y su humor negro se extinga y su influencia maligna tenga fin.

—Si es forzoso que nos hieran y nos maten, así sea; pero, antes, acabemos con tales intrusos y con los que de modo hipócrita los empujan e incitan contra nosotros. Si Tojil es tan grande y tan poderoso como cuentan las voces de los llegados, queremos verlo con nuestros ojos; queremos cerciorarnos de la realidad de su fuerza y de que ésta es invencible. Si logramos conocer esto, entonces lo adoraremos como si el destino nos lo hubiera impuesto. No haremos más resistencia.

Ya concertados con estas palabras, dijeron a las gentes que sacaban peces del río donde, según era fama, se bañaba Tojil y los otros dioses:

—Venid, escuchad y entended: si los que se bañan en ese río son dioses mortales, lleguemos a ellos, caigamos sobre sus personas y hagamos que desaparezcan hasta sus huesos. Hagamos más: hagamos que con ellos perezcan sus cómplices, o sea, sus *Adoradores* y sus *Sacrificadores*.

Después, como enardecidos por su propia resolución, añadieron:

—Para capturarlos haremos así: dispondremos que vayan al dicho río, en hora oportuna, dos doncellas, las más sanas y astutas entre las nacidas y crecidas en la región. En aquel lugar ellas discutirán, como distraídas, cosas de su incumbencia e intimidad. Hablarán con maña para no denunciar ni su intención ni nuestro propósito. Cautas deben ser. Con descuido se dejarán mirar y desear. Con recato ladino se pondrán a lavar nuestras ropas a la orilla del río. Si los muchachos vienen a ellas, se desnudarán para atraerlos más. Si ellos, al verlas en cueros, revelan tener gusto y dan muestra de querer acercarse, les harán entender que tienen licencia para otorgarles placer. Si los dioses luego les preguntan quiénes son, contestarán: —Somos hijas de señores; pero no quieran saber más porque nada diremos. Dicho esto pedirán a los muchachos unas prendas como recuerdo de la entrevista. Si ellos se las proporcionan y además les acarician la cara, las mejillas o la barba, ellas, entonces, sin esperar más, se entregarán sumisas a sus deseos.

De acuerdo con este pensamiento y esta trama instruyeron a las dos mejores mozas del lugar para que fueran e hicieran lo dicho delante de los dioses, cuando éstos aparecieran junto al río. Las doncellas elegidas con este objeto fueron Ixtah e Ixpuch, las cuales eran verdaderamente bellas.

Sin dilación las mozas se dirigieron al río y se agazaparon junto a las piedras de la orilla. Las gentes de las tribus, mientras tanto, se ocultaron, en silencio y a distancia, tras los matorrales. Conforme a lo acordado, las jóvenes se pusieron a lavar prendas de ropa, en un recodo que hacía la corriente. De pronto las doncellas notaron, con sobresalto, que por allí andaban Tojil y los otros dioses. Se dieron cuenta de que eran ellos porque se les veía hermosos y erguidos. Lucían sus carnes trigueñas como si tuvieran lumbre debajo de la piel. También resplandecían sus ojos con extraña luz.

Al principio siguieron las mozas en sus quehaceres de lavanderas; pero, al ver que los dioses se acercaban, temblaron de miedo y de emoción. Entonces se desnudaron, conforme a la orden que habían recibido. Cuando, en su instinto femenino, notaron que ya habían sido vistas, hicieron ostentación de su desnudez. Al ser sorprendidas, se mostraron falsamente avergonzadas, aunque no tanto para que, por su actitud, pudieran ser tomadas por esquivas. Entre ellos y ellas hubo, al principio, un silencio de embarazo. Mas, contra lo que esperaban las doncellas, ni Tojil ni los otros dioses las llamaron con deseo ni les hicieron mimos ni halagos, ni les insinuaron nada. Al acercarse ellos hablaron así:

—¿De dónde venís? ¿Qué buscáis en este lugar? ¿Cómo os habéis atrevido a venir aquí? ¿Nadie os avisó de que este río es nuestro por derecho natural, porque lo encontramos baldío y sin guardianes? No os hagáis las distraídas. Debéis contestar a nuestras preguntas. Esperamos vuestras respuestas. Hablad.

Al oír estas palabras, dichas con tanta dureza, las

doncellas se aturdieron más; y como vencidas, sin ningún disimulo, dijeron lo que se les había aconsejado y no otra cosa. No pudieron mentir ante aquellos seres. Una como fuerza oculta las obligó a decir lo que sabían. Además, no era la mentira condición natural en ellas. Después de escuchar la confesión de las mozas, Tojil dijo:

—Está bien. Ahora os llevaréis la señal que los señores desean, la cual dirá el sentido de nuestra conversación y el carácter de nuestro trato.

No dijeron más. Se apartaron en seguida y discutieron sobre lo que debían hacer. Puestos de acuerdo, tomaron tres mantas de algodón y las entregaron a los Abuelos que allí estaban cerca, a la expectativa. Así Balam Quitzé en una dibujó un tigre; Balam Acab, en la otra, un águila, y *Muhucatah,* en la última, un tábano.

Ya no volvieron a aparecer los dioses; en la oscuridad de la selva se perdieron. En vez de ellos se acercaron los Abuelos y hablaron con las doncellas.

Balam Quitzé, después de saludarlas a nombre de los dioses, habló de esta manera:

—Aquí están las señales que os pidieron vuestros amos; éstas son las prendas que os prometieron Tojil y los otros dioses. A los señores que os enviaron a este sitio les diréis: —Esto nos dieron; con estos mantos os debéis cubrir y pavonear. Aquí los tenéis. Esto es todo. De nosotros no esperéis nuevas palabras.

En seguida los abuelos desaparecieron también. Las doncellas no se dieron cuenta por dónde se habían escurrido. Quedaron solas, con cierta turbación en sus mentes. Con estas noticias y las mantas, las doncellas abandonaron aquel lugar y llegaron al centro de la tribu. Allí, cohibidas, desasosegadas, buscaron a los ancianos que las enviaron y delante de los presentes dijeron:

—Aquí estamos.

—¿Habéis visto a Tojil y a los otros dioses, así como a sus *Adoradores*? —les preguntaron.

—Sí, los hemos visto y con ellos hemos hablado.

—Entonces, ¿qué señal traéis como prenda de que es verdad lo que decís?

—Ésta es la prenda —contestaron.

Y al decir esto desdoblaron delante de los ancianos y de las otras tribus las mantas dibujadas que habían recibido de manos de los Abuelos. Todos se acercaron a mirar y a remirar, curiosos y asombrados, aquellas telas y aquellos dibujos extraños, hasta entonces nunca vistos por nadie. En seguida los señores principales quisieron lucirse y taparse con ellas.

Al oír esta pretensión, las doncellas dijeron:

—Está bien lo que queréis hacer. Tojil ordenó que lo señores de las tribus debían usar estas prendas. Para ellos son.

Los ancianos entonces no esperaron más y se cubrieron los hombros con ellas. A los dos primeros no les pasó nada, pero al tercero sí le aconteció cosa insólita. No se la había puesto bien ni ajustado a la cintura, cuando empezó a sentir mordeduras y arañazos y dolores en todo el cuerpo. Desesperado, atónito, se arrancó a tirones aquel lienzo y dijo entre gritos de angustia:

—¿Qué tela es ésta? ¿Qué tela me habéis traído? ¿De qué está hecha? ¿Qué es lo que tiene entre su trama? ¿Qué se mueve, agita y crece bajo su dibujo? ¿Por qué éste cobra relieve y vida y se desprende de la tela?

Los otros ancianos, temerosos, también se despojaron de sus cobijas. Las gentes de la tribu vieron, en esta señal, cuán grande debía ser el arte que eran capaces de emplear contra sus enemigos aquellos dioses y sus secuaces. Tomaron esto como signo del fracaso que tendrían en la lucha que intentaban. Quedaron tristes, pero no abatidos. Sabían que era preciso pelear, y estaban dispuestos a ello. Haciendo estas consideraciones, las gentes se reunieron de nuevo en consejo para discutir lo que tenían que hacer para defenderse de los ataques y de las persecuciones de tales dioses, así como de los ardides de sus servidores. En la junta, los más viejos dijeron:

—Sólo con astucia podemos deshacernos de unos y de otros. Pensemos en ello. Primero debemos espiarlos. Obraremos así sin peligro, porque somos muchos y ellos pocos. Pero hemos de proceder con diligencia, antes de que sea tarde y nuestros enemigos se percaten y se armen.

Con este pensamiento decidieron actuar sin demora. Hicieron que se reunieran los guerreros de las tribus. Mientras los mozos se aprestaban para la lucha, los de mayor edad los animaban con palabras y cánticos. Las mujeres, lejos de amilanarse, los azuzaban también con sonrisas y halagos placenteros. Aquello parecía un enjambre enardecido. De todas partes acudían, solícitos, los hombres decididos.

Todos sabían que de la suerte de la batalla que iba a darse dependía la vida o la ruina de las tribus a que pertenecían.

Mientras tanto, desde la cima de la montaña de Hacavitz las tribus devotas de Tojil vigilaban y miraban hacia abajo y se ponían alerta. Balam Quitzé y los otros abuelos empezaron a tomar dispositivos. Guarnecieron a sus hijos y a los hijos de sus hijos. En lugar seguro y agradable dejaron a sus mujeres. Sin descuidar ocasión, instruyeron a los mozos en el uso de las armas. La lucha venía. Desde arriba ojeaban el paisaje y los movimientos del enemigo que se aprestaba. Veían que las tribus de abajo, soliviantadas, se reunían, belicosas, en las llanuras; veían que sus gentes manoteaban acaloradas, y que los audaces herían con los pies las rampas que subían hasta la cima de la montaña. Veían cómo los más temerarios empezaban a trepar sobre las albarradas que estaban puestas ahí a modo de trincheras. Los que vencían aquel obstáculo reptaban un trecho sobre las faldas de la montaña; y luego, de un salto, tornaban a su sitio dando alaridos de gozo. Los rapaces les hacían coro palmoteando.

Todos parecían impacientes por pelear. Los gritos de los ancianos, que se quedaban en la llanura, eran cada vez más feroces. Las mujeres con llanto iracundo hacían ver que los cobardes serían muertos o convertidos para siempre en esclavos.

Ante este impulso los guerreros violentaban los preparativos para ascender más presto por los vericuetos y las laderas de la montaña. Bajo el sol lucían sus flechas, sus macanas, sus lanzas, sus escudos y sus rodelas. Así empezaron a subir. Avanzaban, sin embargo, con cautela, agazapándose tras las rocas y los matorrales de los senderos. Así fueron trepando por diversos lados. No se detenían a descansar. Nadie les salía al encuentro. Ya habían ganado buen trecho; ya se veía poblada de enemigos la falda de la montaña cuando sucedió algo no previsto por nadie. Es hasta difícil explicarlo. De pronto los asaltantes, sin saber a qué hora, ni cuándo, ni cómo, se quedaron dormidos. Quedaron yertos como troncos o como bestias. Parecían muertos, tan profundo era el sueño que los avasalló y los rindió. Al verlos caer, los de Hacavitz bajaron de sus guaridas, abandonaron sus parapetos y entre gritos estridentes descendieron por las faldas de la montaña, en alto sus macanas, al viento sus penachos. Así sorprendieron a los dormidos. Cayeron sobre ellos y los desarmaron, quitándoles hasta sus vestiduras. Para abochornarlos más, les cortaron los bigotes, las cejas y las piochas; les ataron los pies como a las aves y les pintaron en las mejillas cosas de burla como si fueran saltadores o maromeros de feria. Luego los abandonaron bajo la intemperie de la montaña. Para mayor ignominia, los Abuelos se mearon sobre los derrotados guerreros. Cuando éstos, al cabo de horas, despertaron y se vieron en semejantes fachas, avergonzados, huyeron unos de los otros y se escondieron tras los troncos de los árboles. Con hojas de plátano se taparon las partes vergonzosas. No sabían qué hacer ni qué pensar. En sus desesperación decían:

—¿Por qué caímos así, rendidos, en sueño que antes nunca habíamos conocido ni padecido?

¿Quién nos durmió, de esta manera extraña, mientras ascendíamos acechando al enemigo? ¿Quién detuvo nuestra marcha y paralizó nuestros pies sobre las laderas de la montaña? ¿Quién nos maniató y nos despojó de nuestras armas y rasgó nuestras vestiduras y emporcó nuestras manos e hizo escarnio de nuestros cuerpos, cortándonos el pelo, untándonos la cara de tizne y de colores y revolcando en inmundicia nuestras manos? ¿Quién amarró nuestras patas como si fuéramos animales de presa? ¿Serán bandidos los que así nos atacaron a mansalva? ¿Serán acaso los propios dioses enemigos los que nos han causado semejante insulto y tan feo daño? De veras no sabemos nada de lo que pasó ni podemos explicar lo que nos han hecho.

Y mientras los guerreros de las tribus burladas descendían y se retiraban al centro de sus plazas para reponerse del cansancio, olvidar el escarnio que habían sufrido y procurarse otras armas con que reanudar nuevo ataque, los Abuelos dispusieron que sus gentes levantaran anchas defensas cerca de la cima. Juntaron a los hombres fuertes y a los hombres ágiles y con la ayuda de todos cavaron una zanja circular. Para disimularla, echaron sobre ella lianas tejidas con hojas y espinas. Tras las zanjas hicieron una muralla de troncos, bejucos, lajas y lodo cocido. Luego pusieron de pie, junto a las murallas dichas, varios muñecos de madera que parecían gentes. Entre los brazos les colocaron las armas que habían quitado a los guerreros vencidos. El viento se encargó de mover las armas y de agitar el cabello, hecho con pelo de elote, que los muñecos tenían debajde sus sombreros de palma. A distancia y entre la neblina, tales muñecos de veras parecían guerreros apostados en defensa del lugar. Al terminar estos preparativos, los Abuelos fueron a pedir consejo a los dioses. Delante de ellos dijeron:

—¿Queréis decirnos si en esta lucha seremos vencidos o seremos vencedores? Tomad en cuenta que nuestros enemigos son numerosos y tienen coraje en sus corazones, en tanto que nosotros somos pocos, estamos mal armados y no hay odio en nuestro espíritu, que sólo obedecemos el impulso del destino.

Tojil dejó oír su voz:

—No os atormentéis pensando en lo que ha de pasar, porque nosotros estamos aquí y a su tiempo sabremos disponer lo necesario para conjurar todo peligro.

Dicho esto, los dioses, con las artes que conocían, atrajeron enjambres de tábanos y de avispas. Con sus alas ennegrecieron el aire; sumisos se adosaron en las piedras cercanas; aquí se detuvieron quietos, obedientes, incapaces ya de continuar su vuelo. Entonces, por revelación, Balam Quitzé dijo a las tribus reunidas estas palabras.

—Tomad estas bestezuelas y guardadlas en huacales cerrados. Tened los huacales cerca de las barricadas y esperad hora propicia para abrirlos. Estas alimañas os defenderán de los ataques de los guerreros de abajo. Debéis de estar sobre aviso ante el peligro. Despertad vuestro ingenio y vuestra astucia. No dejéis de vigilar mientras tanto los caminos que descienden hasta el valle enemigo.

Pusieron, en efecto, aquellos tábanos y aquellas

avispas en cajuelas de carrizo. Con las alas parecía que iban a romper su encierro. Dentro de su cárcel bullían, esparciendo un zumbido ensordecedor. Las gentes redoblaron luego la vigilancia.

Por los caminos y las vertientes, los centinelas estaban alertas. Mutuamente se hacían reconocer cualquier movimiento sospechoso del enemigo. Toda novedad en el campo o en el aire era pregonada a voces con sobresalto.

Mientras tanto los enemigos, rehechos del fracaso que habían sufrido, se aprestaron para una nueva lucha. Con mal disimulada agitación, iban de un lugar para otro, consultándose y preparando otros dispositivos de combate. Atónitos, miraban hacia arriba y amenazaban con los ojos y las manos a los guerreros que creían ver tras las barricadas. Cada vez eran más las gentes que se juntaban en la planicie acotada por plantas espinosas. El odio que sentían contra los intrusos iba también en aumento. Lo denunciaban sus gritos y los saltos que, como poseídos, daban en el suelo. Parecía que estaban dispuestos a morir defendiendo la tierra que les pertenecía desde muchas lunas pasadas. Nadie dudaba del derecho que tenían para poseer las tierras que ahora miraban invadidas por gentes extrañas. Por esto nadie permaneció ocioso; nadie cruzado de brazos. Unas ponían tensas las pieles de venado; otras las guarnecían con bejucos flexibles para que resistieran como escudos; otras aguzaban palos de madera recia; otras humedecían con resinas venenosas las puntas de las flechas; otras llenaban las mochilas con cantos puntiagudos; otras juntaban piedras para lanzarlas por medio de cerbatanas; otras torcían hilos de algodón para hacer máscaras y cinturones; otras ponían en los carapachos de las hicoteas parches de vejiga, para sonarlos como tambores; otras, todavía horadaban trozos de caña, para soplar en ellas a modo de flautas. Todo lo hacían con presurosa gravedad, pensando en la empresa que no tardarían en iniciar.

Al llegar la noche se apaciguaban los quehaceres que se apuntan; pero se redoblaba la vigilancia de los caminos y de las veredas. En los lugares de más peligro encendían fogatas para mejor alumbrar la plaza y divisar desde lejos la presencia del enemigo que pretendiera sorprenderlos bajo la seguridad de la sombra. Junto a sus brasas y a su resplandor se veían las caras ariscas y enconadas de los guerreros que se alistaban para el combate. Centelleaban, como erguidos relámpagos, las lanzas hincadas en el suelo.

A la hora del amanecer empezaron a tocar sus *tunkules*, sus *hicoteas*, sus flautas y sus chirimías.

Ruidos de tormenta se derramaron por aquellos ambientes turbios de coraje. Los gritos, los saltos, los ademanes y los gestos de los guerreros infundían pavor entre las gentes pacíficas que contemplaban tales preparativos bélicos. Los niños clamaban adosados a las faldas de sus madres. Éstas gemían tapándose la cara, mientras los ancianos levantaban los puños, temblorosos y amenazadores.

Así, los mozos recién armados empezaron a subir otra vez por los vericuetos de la montaña de Hacavitz. Subían asentando con firmeza los pies sobre las lajas y los terrones. Por más seguros aprovechaban los lugares menos escarpados. Como ciervos y cabras, trepando ágiles entre las peñas rodeadas de zarzas y espinas. Subían trechos largos y se detenían para descansar y tomar aliento, en tanto que los vigías se adelantaban para mirar los lugares ocupados por el contrario. A cada momento esperaban chocar con las avanzadas de éste; estaban seguros de que lograrían triunfar sobre sus adversarios. Ninguna emboscada era posible. De vez en vez los guías, dando gritos y agitando en alto trozos de lienzo, indicaban que el camino estaba expedito, que había peligro o que era preciso detenerse, agazaparse, esperar, retroceder o cambiar de rumbo. Los ancianos y las mujeres que se quedaron abajo pedían a los guerreros, con desaforadas voces, que no desmayaran en su empresa. Iban de un lugar a otro, corriendo y entonando cánticos bravos y broncos. Danzaban danzas extrañas, entre lúbricas y bélicas, alrededor de altísimas hogueras alimentadas con rajas de troncos resecos. En ocasiones tomaban entre sus manos las cenizas aún calientes, las aventaban o se las embarraban en la cara para semejar gente de espanto y de miedo. Las aves carniceras, encendidos sus bríos, excitadas por el bullicio que contemplaban sus ojos, volaban a ras de los hombres y de las bestias. Los coyotes y los chacales saltaban sobre las zanjas y los hoyancos. Con sus propios colmillos se herían la carne de los labios, que sangraban.

Mientras los defensores de la montaña, aunque angustiados por el peligro y la amenaza que avanzaba delante de sus ojos, confiaban en la providencia de los dioses que les eran propicios. Estaban seguros de que en la hora conveniente, no serían abandonados y de que, por lo mismo, no podían perecer. El destino tenía que reservarles gloria de eternidad. Unos a otros se tranquilizaban con gestos y palabras. Los más diestros, guareciéndose en lugares de difícil acceso para los contrarios, estaban dispuestos a dar la señal de alarma si el peligro era inminente. Con cautela disimulada, los guerreros espiaban los movimientos de los hombres que trepaban ya cerca de la cima, dando bufidos y ostentando formas de furia nunca vista antes ni en los días de más enconada guerra. Así llegó un momento de indecisión angustiosa para ambos bandos. La gritería de los que ascendían desde el llano chocó contra la gritería de los que defendían la cresta de la montaña. Ya los rostros de unos y de otros se podían ver entre la maleza. Las manos de ambos grupos, como espigas, se mostraban en alto, armadas con lanzas y mazas. El ruido de los escudos se hizo perceptible y el coraje de los pechos podía adivinarse en la respiración fatigosa y honda de los que se detenían tras las rocas o de los que trepaban sobre las trincheras.

Un instante más y los enemigos de arriba caerían sobre los enemigos de abajo; o éstos, derribando las murallas, abordarían la cúspide codiciada. Algunas piedras lanzadas ya habían rebotado en los escudos de unos y de otros, produciendo un ruido sordo y seco. El encuentro tan temido estaba ahí. En lo alto empezaron a cruzar, silbando, algunas flechas. Las hondas y las cerbatanas disparaban trozos de lajas puntiagudas. De pronto se oyó, como trueno que choca y rebota, el alarido de dolor de algún herido. En este mismo instante, cuando iban a tropezar y a enredarse con ira los cuerpos contrarios, los Abuelos abrieron, conforme a lo previsto y ordenado por Tojil, las tapas de las canastas donde estaban encerrados los tábanos y las avispas. En un instante los insectos surgieron con ímpetu y se desparramaron por el aire y lo impregnaron de rumores y de peste y se precipitaron como saetas sobre los enemigos que trepaban confiados e iracundos, picándoles las manos, los brazos, las piernas, los muslos y la cara. Bajo aquella lluvia de espinas, espantados primero y aturdidos después y acobardados en seguida, los que subían no supieron qué hacer. Por defenderse de tan inusitada y extraña agresión tiraron sus armas. Arcos, flechas y rodelas cayeron al suelo. Pero acosados más y más se lanzaron por vericuetos, senderos y lugares abruptos, con ánimo de librarse de semejante ataque. Tras los hombres huidizos volaban las bestias que se debatían con encono sobre sus carnes. En el momento en que la desbandada se generalizó y el desorden se tornó más confuso, las gentes de Balam Quitzé descendieron y se cebaron en los fugitivos ya inermes. Con sus macanas y sus lanzas y sus hondas derribaban y mataban a los que se ponían a su alcance. Los ayes y las quejas y las blasfemias y las imprecaciones de los vencidos eran de espanto y de lástima. El polvo enturbió el aire, mientras la sangre de los heridos teñía las piedras de aquellos sitios, testigos de tamaña desolación.

Hasta abajo llegó la imagen de semejante derrota. La alegría de los vencedores encendió luces en el viento que soplaba recio como si alguien, desde lugar invisible, lo animara y lo esparciera. Los cuerpos de los vencidos rodaban por los precipicios, desgarrándose en las lajas. En las rocas quedaban jirones de sus carnes. La montaña de Hacavitz fue así lugar de triunfo para los dioses y los Abuelos.

De esta manera ganaron para siempre aquel predio las tribus adictas a Tojil y a Balam Quitzé. Ya en el llano las pocas gentes que quedaban huían vencidas o se postraban a los pies de los vencedores.

Los moradores que se habían quedado en la montaña de Hacavitz, entendieron también que la derrota de los enemigos estaba consumada y que el poder de los dioses era invencible. En señal de acatamiento levantaron las manos y las agitaban en lo alto con manojos de flores y de yerbas.

Así terminó la lucha entre las tribus que llegaron procedentes de Tulán y las que, por sus egoísmos, no supieron defender ni retener la tierra de sus antepasados.

Después de que se cimentó el dominio de las tribus allegadas, los Abuelos presintieron que se acercaba la hora de su muerte. Con este pensamiento llamaron a sus mujeres y a sus hijos y a los hijos de sus hijos. Cuando los vieron juntos y cerca de ellos, acongojada la faz, quemaron resinas perfumadas. Esperaron que el humo ascendiera hasta lo alto y desapareciera empujado por el viento. Luego Balam Quitzé habló de esta manera:

—Sabed y no olvidéis que nosotros los Procreadores nos debemos ir. Sabed también que volveremos en hora que está señalada. Recordad ahora que juntos salimos del seno de los montes lejanos que se alzan más allá de donde se pone el sol. Entended, por último, que ha llegado el instante en que debemos volver al lugar de donde partimos. Conforme al dictado de nuestras conciencias, volveremos al sitio de nuestro origen. Pero antes de partir hemos de tomar providencias acordes con nuestra vida. Por esto entended, sin discordia, que ya repartimos los rebaños que fueron de nuestra propiedad. A quienes es debido hemos revelado nuestros secretos. Del arte de la escritura saben los que deben saber y nadie más. Acopiad el grano y las semillas y juntad los retoños, que tiempos de sequía y de hambre se avecinan. Aguzad las armas, que enemigos ocultos tras las montañas y los cerros no tardarán en acechar, con avaricia, la holgura y la riqueza de estas tierras. Después de nuestra partida acordaos de nosotros. No nos dejéis en olvido. Evocad nuestros rostros y nuestras palabras. Nuestra imagen será rocío en el corazón de los que quieran evocarla. Os decimos más; cuidad vuestras casas y vuestros solares; transitad por los caminos que abrimos, porque esto y no otra cosa es lo que mandamos. Permaneced aquí, sin que os olvidéis del origen de vuestros antepasados. Esto es lo justo. No esperéis que los extraños os recuerden lo debido, que para tal empeño tenéis conciencia y espíritu. Todo lo bueno que hagáis ha de salir de vuestra iniciativa.

Así dijeron los Abuelos a tiempo de que se despedían de los suyos. Hubo un espacio de silencio. En seguida los Abuelos, con la cabeza alta y arrastrando por el suelo los lienzos que pendían de sus hombros, caminaron por la cima de la montaña. A poco empezaron a descender por la ladera del Poniente. Entonces una nube como de lluvia los ocultó.

Entre las gentes de la montaña de Hacavitz permanecieron vívidos los consejos que se dicen. En señal de respeto y acatamiento a su significado, quemaron yerbas olorosas delante del cielo. Mientras ardían las brasas, el más anciano dijo estas palabras que quedaron escritas en el espíritu de todos:

—Hurakán, corazón de la noche, dador de la virtud, creador de nuestros hijos, vuélvete hacia nosotros. No nos prives de tu presencia. Da vida y fortaleza a nuestros descendientes para que crezcan y se hagan firmes en el bien y sepan propagar nuestra fe y decir tu nombre, el cual será invocado en los caminos, en los barrancos, en los ríos, bajo los árboles y más allá de todo lo que es posible. Da a nuestros hijos y a los hijos de nuestros hijos, hijos e hijas.

"Impide que sobre ellos caiga enfermedad ni daño ni maldición de ninguna especie. No permitas que tropiecen ni se lastimen. Haz que estén siempre unidos y limpios. Haz que no sean sorprendidos en emboscadas; ni perezcan de sed ni de cansancio. No permitas que sean fornicadores ni ladinos. Envíales fuerza para que vayan seguros por sendas abiertas, sin sufrir infortunio ni padecer sortilegio. Protégelos en su bienestar y en su sentimiento; pero no dejes que se envanezcan con la riqueza ni se hagan débiles con la bondad. Haz que sean siempre firmes de corazón.

Dicho esto, vieron que la grandeza de todos era igual; que ninguno procedía de mejor tronco que su vecino; y que nadie aspiraba a más elevado rango que su prójimo.

Acordaron que en el Consejo de las tribus estuvieran los mejores señores de cada casa. Y así fue siempre hasta que vino la dispersión y la muerte.

# LOS MAGOS

Aquí se habla del misterio de la vida y de la muerte de los hermanos Ahpú. Se refieren también las aventuras de Hunahpú e Ixbalanqué en tierra propia y las tribulaciones que sufrieron en Xibalbá, sitio de desolación y de ruina.

En un tiempo que no es posible precisar vivieron en la tierra *quiché* los señores Ahpú que se mencionan; según la versión de los ancianos, dichos señores eran hijos de Ixpiyacoc y de Ixmucané. El padre Ixpiyacoc murió cuando eran niños los Ahpú. Uno de los Ahpú tuvo por mujer a Ixbaquiyaló, de quien nacieron Hunbatz y Hunchouén. Ixbaquiyaló también murió pronto.

Los *Ahpú* estaban dotados de sabiduría. Entre las artes que poseían se destacaban las referentes a la magia y al hechizo. No eran egoístas, sino pródigos. Con agrado ofrendaban su ciencia a los que habían menester de ayuda o de auxilio. Eran, además, cantores, oradores, joyeros, escritores, cinceladores, talladores y profetas. El porvenir lo veían en las estrellas, en la arena y en las manos. Conocían también el camino de las nubes. No había para ellos oficio extraño; los entendían y dominaban todos. Los ejercían con gracia y con destreza. Estaban satisfechos de sus diversas profesiones. Para divertirse se engalanaban con primor y jugaban a la pelota en las plazas adecuadas para este ejercicio. En este juego eran diestros, tanto que sufrían la envidia de los demás. Con entusiasmo hacían alarde de esta habilidad cuando sólo se trataba de retozo o de diversión.

Por este tiempo que se dice y que nadie fija, vivían en Xibalbá seres malévolos. Unos se llamaban Xiquiripat y Cuchumaquic, cuyo espíritu era contrario al de los Ahpú. Xiquiripat y Cuchumaquic, entre las torpezas que a diario cometían estaban las que ahora se refieren. Se ocupaban de enfermar la sangre de los pobladores de aquellos sitios y contornos. Lo hacían con saña y valiéndose de medios ocultos.

Otros eran Ahalpú y Ahalganá. Estos seres vivían sojuzgados por el instinto de la destrucción. Como cosa natural se ocupaban de provocar las hinchazones que sufrían los miembros de las gentes. Llagaban los pies y las piernas de los caminantes. A los madrugadores les ponían amarilla la cara, les doblaban la espina y, tullidos, los sacaban al monte y los dejaban en cualquier barranco. Si las gentes enfermaban de otros males, se acercaban a ellas, las tomaban de los pies y las arrastraban hasta los solares abandonados, donde morían sin ser vistos por nadie.

*Chimiabac* y *Chiamiaholom* también tenían mala entraña. Eran maceros. Se dedicaban a quebrar los huesos de las gentes. Hacían sus hazañas con garrotes nudosos, que blandían con furia cimbrándolos en el aire. Dejaban enteros los huesos de la cabeza, para que las víctimas sufrieran más y durante más tiempo. Después que éstas yacían magulladas, tomaban sus cuerpos y los llevaban hacia lugares ocultos en los cuales no era dable que recibieran ninguna ayuda. De la misma ralea fueron Ahalmez y Ahaltoyob, los cuales tenían fuerza para provocar desgracias y ruinas entre las gentes del lugar. Hacían más. Violentaban el fin de los ahorcados picándoles en los hombros y vaciándoles los ojos. Amorataban e hinchaban a los que se ahogaban con hipo. De manera cruel hacían esto. Por la noche tomaban a la víctima y la conducían hasta los sitios que ellos sabían eran convenientes para su muerte. Allá los dejaban desnudos y boca arriba, la vista al cielo. Las aves carniceras les rajaban las entrañas y las esparcían sobre la tierra. De peor calaña eran Xic y Patán, los cuales se ocupaban de acorralar a los que morían en los caminos y en las veredas de los montes; a los que fallecían repentinamente; a los que terminaban sus días arrojando sangre por la boca, y a los que, de manera violenta, dejaban de existir. A todos les apretaban la garganta y se hincaban sobre sus pechos para hundir sus costillas en sus pulmones.

Por el tiempo en que estos seres existían y cumplían con sus destinos, el gavilán, mensajero de Hurakán, conoció cuán diestros y cuán distintos eran los Ahpú. Bajó entonces de las nubes en círculos que se fueron haciendo más estrechos; descansó en la rama de un roble y luego, de un salto, se puso delante de ellos, en el momento en que empezaban a jugar a la pelota. El gavilán se sintió feliz viéndolos tan hábiles y tan animosos. En efecto, los Ahpú jugaban con más destreza que nunca. No medían sus gritos de entusiasmo ni se cuidaban de la algazara que hacían. Palmoteaban como donceles enamorados. Rojas brillaban sus mejillas; entreabierta tenían la boca. Concluían un juego y empezaban otro, cada vez más enardecidos. Pero, al caer la tarde, su bullicio fue oído por los señores de Xibalbá. Éstos, orgullosos como eran, engreídos en su poder, se sintieron agraviados por aquella falta de recato y de moderación. Llenos de ira quisieron saber quiénes perturbaban, de modo tan insolente, la paz en que vivían. Presos de malestar se reunieron y con envidia dijeron:

—¿Quiénes son los que juegan cerca de nuestra ciudad? ¿Cómo se atreven a hacer tanto ruido con sus voces y con los golpes de sus pelotas y de sus palas? No sabíamos que por estos contornos hubiera gentes tan audaces. Salgan pronto a buscarlas. Vivas o muertas, tráiganlas, que queremos conocerles la cara. Si vienen vivas jugaremos con ellas el juego ritual y si pierden podremos castigarlas como merecen sin que nadie nos crea injustos. Salgan, pues, a buscarlas nuestros más diestros mensajeros, los cuales dirán la razón de nuestro deseo.

Los señores de Xibalbá estuvieron conformes con el parecer de sus amos, y enviaron cuatro mensajeros para que dieran a los jugadores el recado que se dice. Los mensajeros —que eran Búhos— tenían distinta cara y contrario modo de ser. Hablaban con diversa voz. Uno gritaba; otro reía; otro rugía; otro silbaba. Sin esperar nueva orden cumplieron con su mandado; se posaron sobre la casa de los Ahpú, la cual estaba junto a un barrio que tenía fama por la riqueza y la abundancia de sus peces y por el viento plácido y empapado de aromas que soplaba siempre. El ambiente de sus callejuelas y de sus patios estaba saturado de esencias y de música. Las aves y los pájaros volaban sobre los techos de las casas y se paraban sin miedo en las bardas de las huertas. Nadie les hacía daño. Allí esparcían el arrullo de sus cantos. Bajaban a los prados y comían migajas de maíz, bebían agua en las acequias y se adormecían en las bardas inflando el buche satisfecho. Los mensajeros dejaron el tejado y avanzaron hasta donde estaban los Ahpú. Cuando estuvieron cerca de ellos, les comunicaron el recado que traían.

Uno de los Ahpú, interrumpiendo el juego, contestó:

—¿Es verdadero el recado que nos traéis?

—Ya lo habéis oído. Lo que decimos es verdad. Somos mandados y no traemos palabras de engaño.

—Antes de cumplir con vuestra orden, debéis esperar, porque necesitamos despedirnos de nuestra madre.

—Podéis hacer todo lo que está en vuestra conciencia. Nosotros esperaremos aquí.

Entonces los Ahpú salieron de la Plaza de Juego y se dirigieron a su casa. En ella vieron a Ixmucané y le dijeron:

—Muerto nuestro padre Ixpiyacoc, sólo tú existes, bien lo sabes. Tu poder es el resguardo de nuestra autoridad. No tenemos otro apoyo. A ti, pues, te decimos lo que a él, si viviera, fuera debido decir. Has de saber, entonces, que los mensajeros de Xibalbá han venido por nosotros. Nos traen recado de los señores de allí. Debemos acudir al lugar que nos dicen, porque no nos es posible excusar esta orden. Sabemos lo que esto significa. Dinos tu palabra sobre este particular.

Al oír estas noticias la madre se puso triste y contestó:

—Esta bien. Si es preciso cumplir con la orden de los señores de *Xibalbá*, cumplid con ella. Dejad entonces vuestros ornamentos de esplendor y los útiles de juego. Aquí los guardaré en secreto, que nadie conocerá sino yo, porque nadie los debe tocar nunca más sin vuestra licencia.

Ellos contestaron:

—Si eso quieres que hagamos, eso haremos.

—Eso quiero que hagáis, porque esto es lo debido —contestó la madre sin levantar los ojos del suelo.

Así lo hicieron. Depositaron sus instrumentos en un hueco que había en el tapanco de la casa, debajo del techo pajizo, sobre una viga que tocaba las dos paredes. Luego dijeron a la madre:

—Aquí dejamos nuestros ornamentos y nuestros útiles. Cuando regresemos de la visita que vamos a hacer, los tomaremos de nuevo.

—Mientras dure vuestra ausencia, allí estarán. Intactos los encontraréis —añadió la madre.

Luego les puso una mano sobre el hombro y les dijo:

—Hijos: dondequiera que estéis no abandonéis los oficios que os enseñó Ixpiyacoc, porque son oficios que vienen de la tradición de vuestros abuelos. Si los olvidáis, será como si hicierais traición a vuestra estirpe. No dejéis de escribir, ni de cincelar, ni de cantar, ni de orar. Éstas son las ocupaciones que os corresponden y no otras. No os apartéis de estos oficios; recordad que yo vivo y que vuestro padre os contempla.

—Así lo haremos —contestaron los Ahpú.

Como a tiempo de partir vieron que Ixmucané lloraba, le dijeron:

—No llores, no estés triste, que aún no morimos. A tu lado quedan nuestros hijos, que son tus nietos. Ellos sabrán entretanto honrar tu ancianidad.

La madre no contestó a estas palabras. Partieron entonces los Ahpú; caminaron por senderos ocultos y entraron en el misterio de Xibalbá. Los señores los hicieron prisioneros.

Sin justicia y después de varias pruebas, los declararon vencidos. Fueron maniatados y encerrados en un calabozo estrecho y negro. La angustia de la soledad no se prolongó mucho tiempo. Brillaba la luz de la mañana, cuando se acercaron a ellos varios verdugos. Eran altos, recios y tenían la cara pintada de rojo y de amarillo. Sobre sus labios se veían, simulados, sus dientes. Parecía que estaban riéndose, con sonrisa perenne y cruel.

Los Ahpú, sin temor, los vieron acercarse. Apenas si movieron los ojos delante de su presencia. Los verdugos tampoco hablaron palabra alguna. La orden que traían era cierta y precisa. Con sus mazas, de un solo golpe, los mataron. Cuando los vieron yertos, tirados sobre el polvo, tomaron sus cuerpos, los descuartizaron y los pedazos los enterraron en un lugar frondoso que se llama Pucbal Chah.

Levantaron luego las cabezas y, como trofeo, las colgaron de la rama de un árbol corpulento que allí mismo se alzaba desde hacía tiempo, tanto que las gentes le llamaban el Abuelo. Nunca había dado ni flor ni fruto. La noche que vino después que sucedió lo que aquí se refiere, fue la más negra que nadie jamás pudo recordar en Xibalbá. Ni una estrella se vio en el cielo, ni una luciérnaga brilló, como otras veces, entre la maleza húmeda, ni siquiera las lechuzas, con sus manchas plomizas, aclararon la densidad de la noche. Se apagó el fuego que habían encendido los rústicos. Pronto un viento agrio y tibio empezó a soplar en ráfagas. Crecido, duró toda la noche, barriendo los miasmas de los caminos y sacudiendo las ramas y los bejucos de los árboles. Los troncos se cimbraron, como si estuvieran a punto de quebrarse por la fuerza que los empujaba. El polvo que se levantó puso un velo delante de las cosas, como sumiéndolas en un ambiente de neblina. En la lejanía se alzó el gruñido de una manada de jabalíes. La entraña de la tierra tembló. Los caminos se agrietaron. Al amanecer, el árbol aquel floreció y dio fruto. Parecía cuajado de lozanía. Nadie antes lo había visto así. Los señores de Xibalbá se asombraron al conocer este suceso. Pero más se asombraron al saber que las cabezas que allí colgaron habían desaparecido. Entonces los Camé —señores déspotas de Xibalbá—, temerosos, dispusieron que ninguno se acercara a dicho árbol y ninguno osara tocar ni la cáscara de tales frutos. Todo Xibalbá se vio sumido en una emoción de pánico. Las gentes se encerraron en sus chozas y no osaron comentar en voz alta los acontecimientos que se estaban desarrollando en aquel predio.

Como por obra de gracia, estos acontecimientos llegaron también a oídos de una doncella principal de la tierra de Xibalbá. La doncella se llamaba Ixquic y era hija de Cuchumaquic. Cuando esta doncella supo lo que las gentes del lugar decían de aquel árbol y de los frutos que colgaban de sus ramas, quiso saber por sí misma la verdad que tras dicho suceso se ocultaba. Sumisa, se acercó a su padre y le dijo:

—Padre, según he oído decir, el árbol que tú sabes tiene hermosos frutos. Si tú quieres vamos a verlos.

El padre, hombre temeroso, no quiso ir; adivinó que de la presencia de aquellos frutos no dejarían de venir sucesos que afectarían a su familia. Por esto respondió a su hija:

—La curiosidad, hija, es malsana; sobre todo en la mujer; y más si ésta, como tú, es inexperta y desconoce la maldad de los hombres y las acechanzas de las fuerzas enemigas que viven cerca de nosotros. De la curiosidad sobrevienen desgracias, acaso también muertos. Defiéndete de ella; no te dejes seducir por sus tentaciones si quieres vivir en paz contigo. No esperes, pues, mi consentimiento. Sería liviano si accediera a tu petición.

Desolada, Ixquic se apartó de su padre, pero, desobediente, a pesar suyo, incitada por el misterio, quiso ir sola hacia donde estaba el árbol. En silencio, con verdadera emoción, llegó al lugar en que estaba, florecido y cuajado de hojas, el árbol de las cabezas.

Junto a él, Ixquic, sin saber por qué, tembló y se puso pálida. Pensó:

—¿Qué frutos son éstos? ¿Será cierto, como dicen, que son buenos de sabor? ¿Será verdad que despiden dulce aroma? ¿Si los pruebo me pesará, como mi padre dice? Pero ¿qué es lo que me puede suceder? Estoy segura de que nada malo sufrirán ni mi cuerpo ni mi espíritu.

Y como si estos pensamientos fueran oídos por quien podía oírlos y tuviera autoridad para contestarlos, una voz que salió de entre los frutos dijo:

—¿Qué buscas y qué deseas, Ixquic?

Y antes de que Ixquic pudiera responder, la misma voz dijo estas palabras:

—Contesta, Ixquic; habla, di: ¿qué buscas y qué deseas? Queremos oír tu voz; queremos escucharte.

Ixquic, sin inmutarse, como si aquello que oía fuera cosa natural y sabida por ella, contestó:

—Les busco y les deseo.

—Si es verdad lo que dices —exclamó la misma voz—, extiende uno de tus brazos para verte la mano.

Ixquic, con sencillez, obedeció, levantó uno de sus brazos, extendiéndolo hacia el árbol. Entonces uno de sus frutos le echó saliva en la palma de la mano. Ixquic retiró el brazo; pero cuando quiso ver lo que había caído en su mano no vio nada; la encontró limpia y seca, como antes estaba. La voz le habló de esta manera:

—La saliva que cayó en tu mano es la señal de que existimos; pero también indica que nuestra vida está llena de sufrimiento. Entiéndelo así. Nuestras cabezas están vacías; no tienen más que huesos. Ayer, como sabes, fuimos grandes señores, poderosos y sabios; las gentes temían nuestra ira; lloraban por nuestra justicia y se complacían al vernos la cara, porque ésta era resplandeciente, sin ser como la del sol. Nos respetaban. Nuestra presencia era buena y sabíamos ejercer artes mágicas. Por estas razones nuestros enemigos nos miraron con envidia y con rencor. Nunca pudieron disimular su inquina. Vivían espiando la ocasión para destruirnos. Nunca tuvieron la oportunidad lícita para saciar sus deseos de maldad. Al fin se valieron de un pretexto para atraparnos. Con engaños nos llevaron ante su presencia. En nuestras manos estuvo librarnos de ellos, pero el destino marcó, en nuestras conciencias, que debíamos callar. Ya sabes lo demás. Nos declararon derrotados, nos mataron y luego destrozaron nuestros cuerpos. Aquí pusieron nuestras cabezas; éstas desaparecieron porque no estaba bien que de ellas se hiciera mofa; en su lugar surgieron los frutos que miras. Las gentes que los ven huyen miedosas; pero, como también sabes, no tienen por qué temerlos. Somos frutos limpios, tan limpios como el espíritu que nos sustenta. Por esto óyenos en paz; tal como lo haces. No te dolerá esta actitud; tampoco te arrepentirás de conducirte como te conduces delante de nosotros. Obedece tu destino y oye las voces ocultas que vienen de la tierra que pisas. Has de saber que así como se transmite a los hijos el sufrimiento y el placer de los padres, así, por medio de la señal que recibiste en tu mano y que no vieron tus ojos, se perpetuará en ti el señorío de nuestra casta. Y así nunca más perecerá. Atiende, pues, lo que aquí te decimos porque en ti renacerá nuestra estirpe. Anda, aléjate ahora de este lugar y vuelve a tu casa porque no morirás sin saber que es realidad lo que te anunciamos. Sé casta, discreta y procura comprender el sentido que llevan las palabras que has oído.

Y así fue como los difuntos señores Ahpú cumplieron el deseo de eternidad que vivía en ellos y que desde lo alto Hurakán les había infundido en el momento de la creación.

Ixquic, llena de gozo y de asombro, volvió a su casa. Disfrutó de dicha inefable y se alarmó de algo que estaba en ella y cuya naturaleza no podía entender ni le era dable alcanzar. En su ser, en efecto, se había hecho lo que las palabras de los Ahpú anunciaron. De esta suerte concibió en su vientre a los hermanos Hunahpú e Ixbalanqué. Durante el primer tiempo Ixquic permaneció en silencio y oculta a los ojos de todos. Nadie ofendió la timidez de su mirada ni la intimidad de su secreto. Era virgen para sí y para todos; pero, al cabo de dos lunas, Cuchumaquic vio que su hija estaba encinta. (Ésta no sospechó ni conoció tal verdad sino hasta que le fue revelada por su propio padre.) Sucedió como se dice aquí.

Chucumaquic buscó a Hun Camé y a Vucub Camé y delante de ellos, con gravedad dijo:

—Es cierto que mi hija está encinta, lo cual es su deshonra y la mía. Avergonzado lo digo.

Lo señores contestaron:

—Si tú lo dices, así debe ser; proceded entonces conforme a la ley. Hazla hablar; haz que confiese la verdad y que diga el nombre del culpable. Pero si no te obedece, castígala como es tu obligación. Llévatela lejos para que ninguna de las gentes de aquí la vea más. Todos deben ignorarla para siempre.

—Es bueno el consejo que me dais; está acorde con lo que pienso; lo tomaré en cuenta. Con vuestra licencia, me retiro —contestó el padre.

Chucumaquic se retiró; volvió, taciturno, a su casa y llamó a su hija y le habló:

—¿De quién es el hijo que llevas en ti?

—No lo sé, padre, porque yo no he conocido todavía la cara de ningún hombre.

Chucumaquic no creyó, como es natural, las palabras de su hija. Lleno de dolor y de ira llamó a los Búhos y les dijo:

—Tomad a Ixquic y llevadla lejos; y entre la horqueta de un árbol, sacrificadla. Cuando esté muerta, arrancadle el corazón, y en testimonio de que habéis cumplido con mi mandato, me lo traeréis en un vaso.

Los Búhos se dispusieron a obedecer. Buscaron un pedernal y un vaso de obsidiana. Luego, entre todos, tomaron a la doncella y levantándola del suelo la llevaron por el aire hasta el lugar en que debían sacrificarla conforme a la orden del padre. Cuando llegaron junto al árbol que ellos sabían era el conveniente, se dispusieron a matarla. Ixquic lo comprendió y dijo:

—No me matéis, que yo les digo que no es deshonra lo que llevo en mi vientre. El ser que concebí es hijo del Espíritu de los Ahpú. Así me lo revelaron ellos mismos cuando fui a visitar el árbol de Pucbal Chah. Ésta es la verdad. No hagáis nada contra mí, antes de reflexionar en las palabras que digo. Habéis de saber que mi corazón no tiene dueño; me pertenece, es mío; y por lo tanto, no estáis obligados a castigarme obedeciendo palabras injustas. Recordad también que nadie puede sin causa justa quitar la vida a nadie. Por esto les digo que en su tiempo serán muertos Hun Camé y Vucub Camé, porque fueron malos señores y porque no supieron temer la presencia del espíritu oculto en las cabezas inocentes de los Ahpú.

Los Búhos contestaron:

—No queremos oírte. Tu padre, como sabes, nos ha dicho que le llevemos tu corazón en un vaso. En éste que ves se lo llevaremos.

—Obrad conforme a vuestra conciencia —respondió Ixquic.

Al oír esto, los Búhos se apartaron y discutieron entre sí, diciendo:

—No nos dejemos seducir por las palabras que Ixquic nos dice. Tenemos que cumplir con la orden de Cuchumaquic, a pesar de lo que ella opina delante de nosotros.

La doncella les interrumpió:

—Sé lo que estáis diciendo; no digáis tales obcecaciones, porque no os arrepentiréis de haberme oído. Poned ahora, debajo de este árbol, el vaso que trajisteis.

Seducidos por la voz que se ocultaba en Ixquic, los Búhos hicieron lo que ésta dijo. Entonces en el vaso cayeron unas gotas de sangre, las cuales se coagularon en forma de corazón. Al ver esto, los Búhos dijeron:

—¡Sangre de corazones!

Después, atónitos, añadieron:

—Está bien: aceptamos la verdad de lo que ha sucedido; nos iremos y diremos a tu padre que esta sangre es la que nos diste en lugar de tu corazón.

—Hacedlo así —contestó Ixquic.

Y así lo hicieron. Sin tocar a la doncella, abandonaron aquel lugar, y con la sangre que había caído del árbol volvieron a Xibalbá. Volaron por el camino del aire que ellos conocían. Cuando Cuchumaquic los vio venir, adelantándose a ellos e inducido por los Camé, les dijo:

—¿Cumplisteis con mi mandado?

—Aquí está la sangre que, en reemplazo de su corazón, nos proporcionó Ixquic —contestaron los Búhos.

—Dádmela; tienen que verla los señores de Xibalbá.

Y cuando los señores vaciaron en otro vaso la sangre coagulada, ésta resplandeció como brasa. Hum Camé dijo:

—Poned esta sangre en el fuego.

Los Búhos obedecieron. Entonces ardió la sangre y el humo que de ella se desprendió fue suave y oloroso como si saliera de un manojo de yerbas y de raíces tiernas. Entonces los que vieron lo que vieron quedaron aturdidos, enajenados o desposeídos de sus espíritus. Al ver esto los Búhos abrieron las alas y volando entre las tinieblas fueron a descender donde estaba Ixquic. Cuando estuvieron junto a ella abatieron las alas y se convirtieron en sus esclavos. Ixquic les puso nombre en señal de pertenencia. No hizo más.

Mientras sucedía esto, Hunbatz y Hunchouén descansaban en paz cuando llegó Ixquic. Ésta delante de aquélla dijo:

—Óyeme; desde mi casa he venido; me acerco a ti porque soy tu nuera; soy tu hija adoptiva. Tómame como tal.

La abuela contestó:

—¿Quién eres? ¿Qué es lo que dices? ¿De dónde vienes? ¿Cómo has llegado hasta aquí? ¿Acaso en tu casa conociste a alguno de mis hijos, los Ahpú? ¿Es posible que no sepas lo que todas las gentes de estas tierras saben desde antaño? ¿De veras que ignoras que mis hijos murieron de mala muerte en la tierra de Xibalbá? La verdad te digo que no entiendo lo que me dices. Los únicos seres que tienen parte de mi sangre son los que aquí ves, los cuales se llaman Hunbatz y Hunchouén. No te acerques a mí. Te tengo miedo. Tu cara no me inspira confianza. No sé qué intenciones traes ni sé de dónde vienes. Debiera echarte. Sí, debiera echarte porque es mucha tu osadía. Sí, sal de aquí. Sal pronto. Vete, te digo. No quiero mirarte más; no quiero que estés junto a mí. Vete y no vuelvas a presentarte bajo mis ojos. No puedes estar en mi casa, que es casa de decoro. No pretendas que te cobije.

—No te irrites conmigo, porque lo que vengo a decir es cierto. Te digo que soy tu nuera. El hijo que traigo es hijo de los Ahpú. Lo concebí con la sola presencia de lo que de ellos queda en la tierra que tú conoces. Entonces me fue revelada la existencia de sus vidas que perdurarán como espíritus en la región que no se ve. ¡Pronto apreciarás cuán adorable es mi hijo!

La viejecita, más airada, volvió a decir:

—Mientes en todo lo que hablas. No puedes ser mi nuera. Además no quiero que seas de mi familia. Para consuelo de mi soledad me bastan las gracias de los nietos que tengo. Mira cuán recios y cuán altos son. Parecen gigantes de piedra o de madera. A Hunbatz lo conocerás por la anchura de sus hombros y la altura de sus rodillas; y a Hunchouén, por la firmeza de sus piernas y el grosor de sus manos. Lo que llevas en tu vientre es tu deshonra. No me la traigas aquí, que no quiero avergonzarme por culpa tuya. Con tus palabras me engañas porque mis hijos, bien lo sabes, han muerto.

Ixquic contestó:

—Una vez más te digo que no te engaño. Créeme. Después de un momento la abuela dijo entonces:

—Si es verdad que no me engañas, anda corre, tráeme algo de comer. No tardes; aquí te espero. Si en ti no hay mentira, como creo que hay, debes saber lo que es necesario para cumplir mi deseo.

Ixquic dijo:

—Así lo haré, puesto que así lo quieres.

Y en seguida se encaminó a la milpa que cerca de la casa habían sembrado Hunbatz y Hunchouén. Pero en la milpa sólo se levantaba una mata de maíz, raquítica, mal crecida entre la maleza y los abrojos. Cuando Ixquic vio esto, se entristeció en su corazón y para sí dijo:

—Soy deudora de muchos males. ¿Cómo podré llevar a Ixmucané una brazada de espigas, si la milpa está muerta y sólo se alza en medio del solar una mata que apenas si sostiene una mazorca ya marchita y tostada por el sol?

Desesperada invocó a quienes podían ayudarla en este trance. En su angustia dijo:

—Chacal, que cuidas las sementeras, escúchame; Ixtoh, que sabes preparar el nixtamal, ayúdame.

Con dolor repitió varias veces esta invocación. Hubo un momento en que sintió que desfallecía y que la muerte se acercaba. Echada junto a un árbol, empezó a sollozar. De pronto los seres invocados acudieron en su auxilio. Antes de que Ixquic enjugara sus lágrimas, aquéllos le mostraron el poder de que eran capaces. Hicieron que la milpa creciera y diera abundante y oloroso fruto. Dio tanto, que las espigas se doblaban, descansando sobre los terrones del suelo. Ixquic se puso a recogerlas. Eran tan copiosas que sus brazos, débiles, no podían juntarlas y se le caían.

Tuvieron que venir entonces en su ayuda los propios seres que había invocado. Sobre el lomo de unos animales que pasaron y que se agacharon sumisos, dóciles, para recibir la carga, pudo Ixquic acarrear lo que había recogido. Depositó la cosecha en la troje que estaba cerca del soportal de la casa de Ixmucané. Luego llamó a la viejecita para que viera la abundancia de los granos recogidos. Al ver tanta riqueza, la viejecita dijo:

—¿De dónde sacaste tanta comida? Pero dime, ¿con semejante carga no has pisoteado los surcos que mis nietos tenían hechos en el solar? ¿No rompiste las acequias, por donde corre el agua, y los arriates donde crecen macizos de rosas? Me temo que todo lo has destruido. Yo misma iré a ver lo que ha sucedido, porque presiento algún estropicio. No te perdonaría ningún destrozo. Caro lo pagarías.

Ixquic contestó:

—Haz lo que te parezca.

Entonces la viejecita fue al solar y vio que la tierra no estaba removida; que los surcos no habían sido desviados; que en medio de la milpa estaban, abiertas, las acequias, y que en un rincón, junto a las albarradas, se levantaban los arriates. Vio también que en medio se erguía, como siempre, una única espiga. Al ver esto se llenó de asombro. Al regresar a la casa llamó a la doncella y le dijo:

—Por la verdad que he visto, entiendo que es cierto lo que dijiste al llegar a mi casa. Te tomo, pues, por nuera; veré por ti; cuidaré de los seres que traes porque serán mellizos, que ésta es la condición de los Ahpú desde los tiempos antiguos de su origen. En mis brazos recibiré a los descendientes de mis hijos.

Ahora aquí se cuenta el nacimiento de Hunahpú e Ixbalanqué. Cuando llegó el día señalado, Ixquic se apartó de todos y se ocultó en la soledad del monte, como para cobijarse bajo la densidad mágica de sus aromas y de sus músicas. Así dio a luz dos muchachos, en medio de la quietud oscura del lugar. Nadie, ni la viejecita estuvo presente en el alumbramiento de los gemelos. Ixquic los tomó entre sus brazos, y con arrobo los estrechó contra su pecho. Y así los llevó a la casa. Se acostó al lado de ellos y veló amorosa, solícita, su sueño.

Parecían lobeznos, de tal modo gruñían. La viejecita los contempló con ojos de llanto, tanta era su felicidad. Cuando los rapaces despertaron, empezaron a gritar. Gritaban con furia de animales acosados. A medida que pasaban los días, sus gritos se hicieron terribles y sostenidos, hasta el punto de que las gentes de la casa no podían descansar ni estar tranquilas. Parecían cachorros de bestias feroces, por las manazas con que golpeaban los pechos de la madre. Con las uñas de sus pies rasgaban las esteras del piso. La abuela no los pudo aguantar más y dijo, llena de descontento:

—Ixquic, aunque te pese, toma a tus hijos y sácalos afuera; llévalos lejos y tíralos entre las piedras para que mueran porque ya no podemos soportar sus gritos desaforados ni tolerar las uñas de sus pies ni las fuerza de sus manos. Tienen garras, que no dedos. Parecen hijos de tigre que no de mujer.

Al oír esta recriminación, Ixquic se inclinó sobre sus hijos y, llena de angustia, se puso a acariciarlos como si temiera perderlos en seguida y para siempre. Sus ojos se llenaron de lágrimas. (No entendió el sentido de la orden de la abuela y, a decir verdad, ésta misma no conoció el secreto de la voz que le dictó la orden que había dado.) Con ellos entre sus brazos salió al monte donde sin ser notada por nadie, pudo gemir a su antojo. Junto a una roca pasó horas y horas sollozando. Al caer la tarde regresó con ellos a la casa. Al verla entrar con sus hijos, Hunbatz y Hunchouén, llenos de ira, la increparon por haber desobedecido la orden de la abuela. Tomaron por la fuerza a los gemelos; los arrebataron de los brazos de Ixquic, los sacaron de la casa, y sin importarles el dolor ni la desesperación de la madre, casi a rastras, los llevaron lejos, hasta un lugar inaccesible y montaraz, más allá de las barrancas que circundaban los solares de la casa. Allí los abandonaron. Los dejaron junto a un hormiguero para que las hormigas los atormentaran y los devoraran. Hasta la casa, en el silencio de la noche, se oían los gritos que daban los muchachos. Eran como gruñidos de bestezuelas acosadas por el fuego o por el hambre. Sus alaridos hacían temblar las hojas de los árboles. Los animales estaban constantemente con las orejas enhiestas. La madre se quemó los oídos con ceniza caliente para no oír sus lamentos. La abuela lloró, temerosa.

Pero sucedió que las hormigas no los tocaron; antes, apartándose de ellos, les dejaron limpio el sitio en que yacían; y además, para su consuelo, para que mejor reposaran, trajeron hojas de plátano y de verdolaga. Sépase de una vez que Hunbatz y Hunchouén hicieron esto porque presentían el poder que con el tiempo tendrían aquellos gemelos y el terrible uso que harían de este poder, dondequiera que se encontraran.

Así fue como Hunahpú e Ixbalanqué se criaron en la rudeza del monte, a la intemperie, como bestias con espíritu. Hunahpú e Ixbalanqué, igual que los seres de su casta, fueron creciendo con libertad llena de coraje y con arrestos que ningún ser, ni conociéndolos, hubiera podido comprender ni explicar. Cuando fueron mayores, empezaron a ejercitar las artes con las que venían adornados. Fueron así cantores, poetas, escritores y cinceladores. Crecieron venciendo, por sí mismos, resistencias, trabajos y calamidades. Por esta causa adquirieron destreza en muchas artes e hicieron ejercicio y aplicación de su sabiduría. Ésta no la estudiaron sino que la descubrieron en su propia disposición, como cosa natural, nacida con su sangre. Los secretos mágicos de sus abuelos les fueron revelados por voces que vinieron por el camino del silencio y de la noche.

Así vivieron entre bestias, alimañas y sabandijas. Todos los seres del bosque les obedecían como si fueran animales dóciles, de esos que nacen y crecen junto al fogón de la cocina y no se apartan de las faldas de sus amas. Iban tras sus pasos, sumisos y encogidos, muda la lengua y gacha la cabeza. Ninguno se atrevía a rebelarse contra sus voces de mando.

Hunahpú e Ixbalanqué se mantenían arrancando del suelo yerbas y raíces, o bien cazando pájaros y otros bichos buenos para comer. Cazaban con sus cerbatanas, las cuales hacían con carrizos pulidos y brillantes. Bebían agua de los cocoteros y de las piñuelas que brotaban al borde de las sendas, en macizos llenos de jugo dulce y ácido de mucho gusto para el paladar. No por esta bárbara vida dejaron de visitar a su madre, a su abuela y a sus hermanos. A todos trataban con sencillez y delante de ellos, cuando convenía, mostraban las artes que sabían ejercer. A medida que pasaba el tiempo y precisamente por la superioridad de que daban muestra, eran cada vez más odiados por sus hermanos mayores. Era un odio sordo, oculto tras la dureza de los rostros. Sufrían con el disimulo. La vida de la familia transcurría como aquí se dice. Al mediodía, primero comían los dueños de la casa; luego, en banqueta aparte, los gemelos jóvenes. Sobre esta banqueta la madre y la abuela ponían presas de carne cocida, legumbres crudas y tortillas de maíz. Los dejaban comer solos, como si padecieran enfermedad inmunda o estuvieran apestados. Mas por esta malquerencia no se irritaban ni menos se atrevían a mostrar inquietud ni malestar; antes se sometían a tales tratamientos con mansedumbre y riqueza de humor. Cuando Hunbatz y Hunchouén comían no dejaban nada sobre las hojas de plátano soasadas, en las cuales la viejecita les servía. Todo lo devoraban con avidez como si temieran perder una migaja de su comida. Hunahpú e Ixbalanqué, por el contrario, eran sobrios y apenas si probaban pequeñas porciones de las viandas que les daban. Después de comer, los cuatro hombres salían a cazar al monte. En el monte esperaban que el sol declinara y que la brisa del mar calmara el ardor del aire; entonces, en la penumbra, cazaban a gusto. Todos se mostraban diestros en el manejo de sus cerbatanas. Parecía que estaban en competencia. Con la caza cobrada regresaban a la choza. Al cabo de un tiempo Hunbatz y Hunchouén, llevados de su egoísmo, se apartaban de los gemelos y permanecían en los solares entretenidos en diversos juegos. Hunahpú e Ixbalanqué regresaban como siempre cargados de conejos, perdices, patos y jabalíes. La madre y la abuela aderezaban y conservaban estas carnes siguiendo recetas antiguas. Unas las salaban, otras las cocían, otras las ahumaban. Prendidas en ganchos las dejaban bajo el cobertizo del solar.

Pero sucedió una vez que al volver a casa, casi anocheciendo y cuando la lumbre de la estrella de la tarde se destacaba sobre el cielo, los gemelos no trajeron ningún pájaro y ningún animal de buena enjundia. La abuela se mostró airada y les dijo:

—¿Qué os pasó en el monte? ¿Por qué venís tan tarde? Por primera vez, en mucho tiempo, volvéis sin traer nada. ¿Acaso ya no sabéis cazar? ¿Se os ha olvidado el arte de disparar con cerbatanas? ¿Por ventura han huido los animales que habitan en la selva? ¿Por qué no trajisteis venados y jabalíes y perdices y tórtolas como otras veces?

Ellos, sumisos, contestaron:

—Ésta es la causa, abuela: los pájaros que cazamos volaban tan alto que al caer quedaron enredados en las ramas de los árboles. Por más diligencias que hicimos no logramos recogerlos. No cayeron al suelo ni golpeando los troncos ni sacudiendo las ramas ni tirándoles piedras. Entre las hojas y los bejucos se trabaron sus alas. ¿Quieres que nuestros hermanos, que son altos y recios, vengan con nosotros y nos ayuden a bajarlos y traerlos?

—Si ellos quieren, que vayan —contestó la abuela.

—¿Por qué no han de querer ayudarles? —añadió la madre.

Hunahpú e Ixbalanqué llamaron entonces a Hunbatz y a Hunchouén y les dijeron lo que antes habían referido a la abuela. Éstos contestaron de mala gana que a la mañana siguiente irían al monte para ayudarles a bajar los pájaros cazados. Aquí se aclara lo que pasaba en el corazón de los gemelos. Hunahpú e Ixbalanqué conocían el mal que habitaba en Hunbatz y Hunchouén. Entre sí pensaron:

"Nuestros hermanos mayores buscan nuestra muerte, por el miedo y la envidia que nos tienen. Piensan que aquí estamos sólo para servirles y para obedecerles como si fuéramos esclavos. Por este engaño malicioso en que viven tenemos que castigarlos; sólo así aprenderán a conocer lo que somos, lo que valemos y lo que podemos. Es justo que sufran las consecuencias de su inquina y de su impotencia para el bien."

Así pensaron y con este acuerdo se tendieron a descansar en sus esteras. En el silencio se oía el suave vaivén de sus respiraciones. En las tinieblas se destacaba el aviso monótono de los grillos. Cuando amaneció, los cuatro hermanos se levantaron, se bañaron junto al pozo y salieron de la casa; caminaron por el monte y se detuvieron al pie del árbol del cacao, que es frondoso y perfumado. Allí los gemelos estuvieron tirando con sus cerbatanas a múltiples pájaros de diverso plumaje y de variado tamaño. Parecía que la selva estaba alborotada; era como si en aquel lugar se hubieran dado cita todos los volátiles de la región. Pero sucedió que los pájaros que cazaban no caían al suelo porque se quedaban enredados entre las copas de los árboles. Al ver esto Hunahpú e Ixbalanqué dijeron a sus hermanos:

—Ya lo veis, se quedan prendidos en las ramas. Todavía se ven los que ayer cazamos. Empiezan a descomponerse y a caer en pedazos, los que no han sido devorados por los buitres. Hasta aquí llega el hedor de la carroña. Apartémonos algunos pasos adelante.

Hunbatz y Hunchouén vieron que, en efecto, era verdad lo que los gemelos venían diciendo. Allí arriba, las aves heridas se debatían entre las ramas. Hunahpú e Ixbalanqué añadieron:

—El viento ha alejado el mal olor. ¿Por qué no aprovecháis este respiro para bajar con comodidad los pájaros enredados? Subid ya, que nosotros no podemos. Vosotros sois altos y fuertes. Llegad hasta arriba y desenredad las alas de los animales que allí se debaten.

—Está bien; subiremos, si así lo deseáis —contestaron los aludidos.

Y en seguida subieron hasta las ramas más altas del árbol que se dice. Pero cuando estuvieron encaramados en lo más alto, notaron con asombro que el árbol empezó a crecer y a crecer como si se hinchara, como si su tronco se dilatara y sus ramas se estiraran y sus gajos se retorcieran alargándose. Al ver esto quisieron bajar en seguida, pero no pudieron; estaban demasiado arriba, balanceándose en las ramas que se apartaban más y más unas de las otras. Cada vez se veían más lejos del suelo; desde el lugar en que se encontraban podían abarcar con la vista la extensión de la selva ¡Qué altos estaban! Empezaron a gritar:

—¡Este árbol nos da miedo! ¿Qué es lo que pasa a este árbol? Nunca lo habíamos visto así, parece otro. Es como si de pronto se hubiera transformado en un gigante con hojas y raíces monstruosas. Estamos seguros de que cuando subimos a él no era tan corpulento ni tenía tan nudosas ni tan enredadas sus ramas.

Al oír estas palabras Hunahpú e Ixbalanqué dijeron, haciendo bocinas con las manos:

—No temáis nada. Quitaos los cinturones; amarradlos debajo de vuestra barriga, de modo que el ombligo quede de fuera y dejad caer las puntas por detrás, como si fueran rabos. Sólo así podréis bajar sin causaros daños. Aquí os esperamos.

Así lo hicieron Hunbatz y Hunchouén. Pero en el momento mismo en que hicieron lo que se dice, se convirtieron en monos; en unos monos peludos, de rabadilla pelada y dedos alargados en forma de tirabuzón. Sin esperar más se pusieron a saltar de rama en rama y a chillar como desesperados. Columpiándose, colgados de las lianas y de los bejucos, se alejaron de aquel lugar y se internaron en la selva. Así se perdieron en la oscuridad, bajo los árboles. A lo lejos se oían sus chillidos. Poco a poco éstos se confundieron con los rumores del campo hasta desaparecer como tragados por el silencio espeso de aquellos lugares.

De esta manera Hunbatz y Hunchouén acabaron,

para siempre, víctimas del poder que sobre ellos ejercieron Hunahpú e Ixbalanqué. Sufrieron el castigo que merecían por su ignorancia, su torpeza y su falta de corazón.

Cuando Hunahpú e Ixbalanqué regresaron a su casa, con disimulo, dijeron a la viejecita que esperaba:

—¿Qué les habrá pasado a nuestros hermanos? Estaban con nosotros mientras cazábamos pájaros, cuando, de pronto, así como así, vimos que al subirse a un árbol para bajar los que allí estaban, empezaron a chillar de modo extraño, desesperadamente; luego advertimos que se encogían y doblaban; después que se volvían peludos y hocicones; y en seguida, que se les alargaban las manos y los pies y les crecía una cola larga y espesa. ¡Se habían convertido en monos! Colgados de sus rabos se balanceaban y saltaban entre las ramas; y chillando y haciendo visajes, se fueron y se perdieron en la espesura del monte. No pudimos darles alcance. Hasta parecía que se burlaban de nuestra carrera y de nuestras voces. Un rato oímos sus gritos estridentes; después ya no oímos nada.

La viejecita, sin levantar la cabeza, contestó:

—Si hicisteis eso con vuestros hermanos, sabed que me disgustáis. No lo esperaba de vosotros. Tal noticia me llena de tristeza. De veras os digo que no está bien lo que habéis hecho con vuestros hermanos mayores; no merecían semejante trato. La sangre de ellos corre también por las venas de vuestros cuerpos. Los habéis traicionado.

—No estés triste, abuelita, porque cuando quieras los volverás a ver. Ellos tienen que venir de nuevo a la casa. Pronto regresarán, pero cuando lo hagan y busquen comida, no te rías de ellos. Te lo advertimos ahora.

—Si es verdad lo que decís, así lo haré —respondió la viejecita, inclinando la cabeza sobre el delantal que cubría sus piernas.

Entonces los muchachos empezaron a tocar un son que se llama todavía el *Son de los cerbataneros que cazan monos*. Lo tocaron en unos carrizos, en unas hicoteas y en unos atabales de cuero de venado. Al oír esta música, que extendió de modo grato y extraño, como si sus voces y sus ecos formaran una sola melodía, la selva se cubrió de pálido resplandor. Atraídos por el ruido, Hunbatz y Hunchouén —convertidos en monos— se aproximaron dando saltos. Cuando estuvieron cerca, la viejecita vio que de veras tenían cara de mono, hacían visajes, chillaban, se enredaban en sus colas y se colgaban de sus brazos. Entonces empezó a reír tanto que tuvo que sostenerse la barriga y la quijada. Ixquic, desde un rincón rió también sin saber por qué, pero con cierto regocijo que no acertó a entender. Entonces Hunbatz y Hunchouén se fueron furiosos, bulliciosos, avergonzados y dolidos por la burla que se les hizo.

Hunahpu dijo:

—Te lo advertimos, viejecita. Tus nietos se han vuelto a la montaña, porque te reíste de ellos y de sus caras de mono. Ahora te decimos que sólo cuatro veces los podremos llamar. Nos faltan tres. Los llamaremos de nuevo; pero, recuérdalo: cuando los veas, no te rías. Tu risa les ofende y los avergüenza. Acabarán por odiarte.

Se sentaron los gemelos junto al fuego y con palos verdes removieron las brasas del fogón. Mientras ardían los leños y el humo se espesaba en el aire, ennegreciendo más y más el techo y las paredes, empezaron de nuevo a tocar el son que se dice. Lo tocaron sin descanso, haciéndolo, por momentos, intenso y grave. A poco regresaron bailando y chillando Hunbatz y Hunchouén. Entre muecas y brincos llegaron a la cocina. Subieron sobre la tinaja y treparon encima de la chimenea; corrieron por las repisas e hicieron tantas piruetas que al saltar cerca de las piernas de la viejecita, ésta, sin poder contenerse, volvió a reírse estrepitosamente. Su risa se oyó por toda la casa y retumbó como eco de arroyo bajo los árboles. En seguida los monos se volvieron otra vez al monte. Ixquic los siguió con la mirada atónita. Hunahpú dijo:

—¿Qué has hecho, viejecita? Por tu risa los volviste a perder. Probaremos, sin embargo, por tercera vez; pero no te rías; haz lo posible por no reírte—. Y sin esperar más, los hermanos menores volvieron a tocar el son. A poco regresaron los monos. Bailaban y retozaban sin cesar. Con agilidad se encaramaron en las vigas del techo de la casa. Alargaban el hocico, se rascaban los sobacos y con sus cuatro manos hicieron divertidas maromas. Después, como por burla, escondieron la cara entre las piernas. Al principio, la viejecita aguantó la risa. Pero cuando les vio la cara, tan llena de arrugas y de pelo, volvió a reírse. En seguida los monos saltaron despavoridos, y se perdieron a lo lejos. Los hermanos menores dijeron entonces:

—No te aflijas, viejecita. Tu risa los ha vuelto a ofender. Pero los llamaremos otra vez.

Y en efecto, volvieron a tocar el son que se sabe. Pero por más que lo tocaron, hinchando sus cachetes y moviendo sus dedos en los agujeros de la flauta, no volvieron a aparecer Hunbatz y Hunchohuén. Entonces Hunahpú dijo a la viejecita:

—Ya ves, no quieren venir. No podemos hacer nada porque vuelvan. Tú has tenido la culpa, no nosotros. No pienses ni digas que no te advertimos a tiempo. Pero no estés triste; te quedamos nosotros. De buen grado, como sabes, te alimentaremos, te defenderemos y te divertiremos. Confía en nosotros, como confiaste en ellos. No te pesará, antes, es posible que salgas ganando con el cambio. Cree en las palabras que te decimos en las cuales no hay engaño ni dolo.

La viejecita no dijo nada y con sus cabellos se limpió los ojos. Y de esta manera Hunbatz y Hunchouén sufrieron el castigo que merecían porque fueron vanidosos y estuvieron llenos de inquina y de torpeza frente a sus hermanos menores. El mal que deseaban se volvió contra ellos mismos. La fuerza que tenían no fue bastante para librarlos de la ruina que se abrió bajo sus pies. Hunahpú e Ixbalanqué empezaron a cumplir con el destino que traían guardado en la médula de sus huesos.

POR AQUEL TIEMPO, en un lugar de la tierra quiché, habitaba Vucub Caquix. Vucub Caquix, lleno de orgullo decía:

—Después de que termine la inundación que trajeron las lluvias y se agote la tierra, las gentes que se libraron de la ruina recibirán mis sabias e imperecederas enseñanzas. Uno de los seres superiores que las impartirán seré yo. Yo mismo, con mi poder, me transformaré en uno de los dioses creadores. Todo estará en mí y todo saldrá de mí. Seré más grande que los seres que han sido y serán, porque es inagotable y profunda mi sabiduría y no tiene límites mi poder. Esto será así porque mis ojos son como esmeraldas pulidas y mis dientes como piedras preciosas y mi nariz como cuarzo tras el cual brilla la luz. La tierra se ilumina y se alegra con el resplandor que derramo cuando salgo de mi guarida, que es lugar sagrado y oculto para todo ser viviente. Por mí se educarán y tendrán inteligencia los hijos que de hoy en adelante nazcan en la tierra. Será así porque mi vista llega muy lejos, hasta el lugar donde nadie es capaz de llegar con la suya.

Así decía Vucub Caquix, aturdido por el orgullo y la insolencia de su corazón. Pero él no era, como creía, ni sol ni luna ni estrella. Nada de esto podía ser jamás. Creía en tales grandezas porque veía brillar sus plumas metálicas con la luz que venía del cielo.

Con este resplandor estaba engañado. Tampoco su vista llegaba tan lejos como decía. Mucho, muchísimo, estaba oculto a su mirada y mucho más a su inteligencia. Entiéndase que Vucub Caquix se evanecía porque estaba sumido en las tinieblas de sí mismo.

Sépase también que Vucub Caquix tenía dos hijos. Uno se llamaba Zipacná y el otro Capracán. Ambos eran hijos de Chimalmat. Zipacná pensaba que nació para hacer las montañas, sin más normas que su gusto y capricho. Capracán no se imaginaba menos poderoso. Creía que su oficio consistía en agitar y remover la entraña hirviente de los montes. Los tres seres constituían así un peligro para la tranquilidad de los hombres y un maligno ejemplo de orgullo.

Hunahpú e Ixbalanqué, ante tanta perfidia, dijeron así:

—Estos seres vulgares se enorgullecen por nada; se enorgullecen con lo que sólo es brillo que viene de fuera; con lo que es natural y efecto de lo que vive y por sí mismo sucede. Nada de lo que ellos creen que hacen han hecho, que todo está ahí creado y puesto por la vida. Lo que estos seres dicen es cosa de su vanidad y de su obstinación. Sobre ellos está la verdad de lo que es. Nadie debe envanecerse con lo que es ajeno y está fuera de su propio ser.

Mientras los gemelos hablaban, Vucub Caquix decía en su soledad:

—Yo soy el sol.

Zipacná decía:

—Yo hice las montañas que se ven en la tierra.

Capracán decía:

—Yo agito la entraña que está debajo de lo visible.

De esta manera, padre e hijos, sentían el mismo alocado orgullo y, envanecidos, iban por todas partes pregonando el poder que imaginaban ejercer. Por esto Hunahpú e Ixbalanqué acordaron terminar con tales seres nefastos. Y como lo pensaron, se dispusieron a ejecutarlo con sus armas y con sus artes. Esto se explica en la forma que sigue:

Vucub Caquix se sentó bajo un árbol de nance, con el objeto de comer los frutos que caían, maduros, amarillos, suaves y perfumados, destilando miel. Allí, mientras comía, placentero, amolando las semillas, se recreaba en sus pensamientos de poder. De pronto notó que, por el tronco del árbol donde estaba apoyado, subían hasta las ramas altas dos seres. Eran Hunahpú e Ixbalanqué. Éstos se posaron entre las ramas y se agazaparon debajo de los gajos que estaban cerca. Allí permanecieron, silenciosos, como insensibles, como si fueran muñecos de madera. Largo tiempo pasaron allí, inmóviles, tanto que los pájaros, sin miedo, se posaron en sus cabezas. Cuando Vucub Caquix estaba más entretenido en su comida, Hunahpú, que era el más osado, le disparó con su cerbatana un bodoque. Éste salió raudo y fue, derecho, a la quijada de Vucub Caquix, que rodó por el suelo con la mandíbula rota. Al verlo caer, Hunahpú bajó, quiso prenderlo, pero no pudo, porque el herido, ágil, violento, se puso de pie, se volvió contra su agresor, le tomó por el hombro, le zarandeó y, con rabia, le arrancó de cuajo un brazo. Sólo se oyó un grito.

Entonces Hunahpú adolorido por su derrota dijo:

—Está bien que me pase esto por no haber matado en seguida a Vucub Caquix. Culpa mía es lo que me sucede. Debo sufrirla resignado. Debiera darme vergüenza. Merezco mi dolor. Lo padeceré con gusto.

108

Vucub Caquix, como pudo, se fue a la cueva donde vivía y que por cierto no estaba lejos del lugar. Llevó consigo el brazo ensangrentado de Hunahpú. Entró a su cueva y descansó. Entonces empezó a gritar con gritos lastimeros y prolongados, indignos de su categoría casi divina. Al verlo herido y al oír sus lamentaciones, Chimalmat se acercó y le dijo:

—Di, ¿quién te ha querido matar?

—No digas quién sino quiénes; fueron aquellos muchachos traviesos y díscolos que tú conoces por las cosas que vienen haciendo dondequiera que se presentan, los cuales, ocultos entre las ramas de un árbol, me dispararon con sus cerbatanas unos bodoques así de duros, grandes y puntiagudos. Ya ves cuánto daño me han hecho; pero no me mataron como querían. Si me hubieran matado, a estas horas los muy mendaces me estarían asando, ensartado en un palo puesto sobre brasas.

Mientras Vucub Caquix decía esto, Hunahpú e Ixbalanqué hablaban también, sentados sobre una laja al borde del camino. Hablaban con una anciana tan encorvada y tan marchita por los años y la pobreza, que miraba hacia abajo sin levantar los ojos; y con un viejecito de pelo blanco y barba crecida y rala que, de igual manera, sólo miraba el suelo. La anciana se llamaba Zaqui Nim Ac y el viejecito Zaqui Nimá Tzíis. Los muchachos les decían así como de soslayo, sin darles la cara, estas palabras, tratando de convencerlos:

—Hemos tenido suerte al tropezar tan oportunamente con vosotros. En buena hora habéis llegado. Nos acompañaréis a la cueva donde se guarece

Vucub Caquix, porque hemos de recuperar el brazo que se llevó. Haremos así. Iremos detrás de vosotros; cuando lleguemos a la cueva de Vucub Caquix, aludiendo a nosotros le diréis de este modo:

"—Estos son nuestros nietos; hace tiempo que perdieron a sus padres. Fue una desgracia la que sufrieron. Con estos muchachos vamos por los caminos pidiendo limosna. Pero no somos aventureros ni holgazanes, puesto que tenemos oficio notorio. Sabemos sacar los gusanos de la boca. Así diréis y no otra cosa. Diréis esto para que Vucub Caquix no se sospeche de nosotros y nos tome confianza y nos revele, sin cuidado ni recelo, sus sentimientos.

A estas palabras la viejecita contestó:

—Lo hemos entendido; así lo haremos. Vamos, que se hace tarde.

El viejecito añadió:

—Caminemos, que la noche se nos viene encima.

Y con los propósitos que se dice fueron a la cueva. Vucub Caquix estaba dando gritos por el dolor que le causaba su quijada rota. Al ver que los viejecitos se acercaban, les dijo, alargando cuanto pudo, pero con melindre de angustia, el pescuezo:

—¿De dónde venís, viejecitos, y a estas horas? Éstos contestaron, en coro:

—Andamos buscando señor a quien servir.

—Está bien; deseo que lo encontréis; pero, decidme, ¿de qué vivís en estas tierras tan solitarias? Y esos muchachos que vienen detrás de vosotros, ¿quiénes son? ¿Acaso son vuestros hijos? ¿Por qué llevan la cara embadurnada de tizne y el pelo pintado con tierra amarilla y los dientes con carne de zapote? Nadie podría saber, con tal disfraz, quiénes son ni qué rostros tienen ni si nacieron aquí o en qué otra parte. ¡Y qué lindas cosas saben hacer! ¡Cómo saltan! ¡Parecen venados por lo ágiles y graciosos!

—No son nuestros hijos; son nuestros nietos; y con ellos buscamos trabajo y pedimos limosna cuando no conseguimos ganar algo con nuestros esfuerzos. Lo que buenamente ganamos o nos dan, lo partimos con ellos. Son comedidos; son de buena índole; tienen el mismo espíritu de sus difuntos padres que fueron maestros en muchas artes. Con sus gracias nos entretienen. Con ellas reímos de buena gana. Por lo que hacen en nuestra presencia, la vida se nos torna llevadera.

Entonces Vucub Caquix les volvió a preguntar:

—Pero decidme de una vez, ¿cuál es vuestro oficio?

—Sacamos los gusanos de la boca; curamos el mal de los ojos y las dolencias que sufren los huesos.

—¡Qué suerte he tenido entonces! El destino los trajo a mi cueva. Por favor les suplico os acerquéis a mí y veáis por qué me duele tanto la quijada. Creo que la tengo rota. El dolor no me deja descansar ni dormir. Además me atormentan los ojos; ni cerrarlos puedo. Están hinchados; parece que van a saltar. Casi no veo con ellos. Pobre de mí; nunca me había visto en estos trances. Pero, ¡qué les cuento! Sabed que dos muchachos traviesos, a traición, me tiraron con el bodoque de sus cerbatanas y me produjeron estas heridas y también estos males que me aquejan. Si supiera dónde están iría en su busca para castigar tamaña osadía. Como les digo, tengo rota la quijada;

siento que se me mueven los dientes; casi no puedo hablar; de verdad me cuesta mucho abrir y cerrar la boca. Cada palabra que digo me produce dolor y cansancio. Para que no se me caigan tengo que agarrarme los dientes; éstos oscilan en mis encías como si fueran de viejo.

—Te hemos oído con atención. Deja que te miremos ahora. Está bien. Son gusanos los que te molestan; estamos seguros de que son gusanos. Gusanos malignos sin duda. Te sacaremos los dientes. Acércate más; échate y ponte boca arriba; no te muevas; espera con calma.

—No podéis hacerme mal porque los dientes que tengo constituyen mi orgullo y mi riqueza; son de esmeralda.

—No te apures por eso; te pondremos otros nuevos; te pondremos unos que parezcan hechos de hueso blanco. En tu boca brillarán lo mismo que los tuyos. No habrá ninguna diferencia.

—Si es así me conformo; quitadme los míos, pero que sea presto, que ya no puedo soportar el dolor.

Entonces los viejecitos, con el arte que sabían, le quitaron los dientes a Vucub Caquix; y en su lugar le pusieron granos de maíz blanco que relucían como si fueran dientes verdaderos. Luego, sujetándole la cabeza hacia atrás, hicieron como que le curaban los ojos. Con una espina, en un instante se los vaciaron. Cuando Vucub Caquix gritó, ya estaba ciego; abrió los brazos, se incorporó con desesperación y cayó abatido. Estaba muerto.

Así fue como Vucub Caquix perdió los dientes que como esmeraldas creía que lucían en su boca; y se apagó también el brillo aparente de sus ojos. Y sólo así, con su muerte, se pudo acabar con su orgullo, lo cual se consiguió, como queda dicho, gracias a las artimañas de los muchachos Hunahpú e Ixbalanqué. En cuanto Hunahpú vio que Vucub Caquix estaba inerte y no podía moverse, recogió su brazo. Los viejecitos aquellos se lo colocaron de nuevo en el hombro y a poco lo pudo usar como si nunca lo hubiera perdido. A su gusto lo movió como si tal cosa.

Chimalmat, apesadumbrada, junto a una ceiba, murió también. Dicen que sus cabellos, enredados en la corteza del árbol, una mañana florecieron y dieron fruto. Luego que Hunahpú e Ixbalanqué cumplieron con el mandato de Hurakán, se fueron a su casa con calma en sus cuerpos y sosiego en sus espíritus.

Veamos lo que mientras hacía Zipacná. Zipacná repetía sin cesar a los cuatro vientos, como un alocado:

—¡Yo hago las montañas! ¡Yo hago las montañas! Nadie más que yo las puede hacer. Sólo yo las sé hacer así tan grandes y tan altas y tan llenas de barrancas y tan pobladas de animales y tan cubiertas de vegetación.

Decía y volvía a decir esto, metido en un río manso, de aguas claras y aromadas por los azahares de innumerables limoneros y naranjos que crecían cerca de la ribera. Así hablaba cuando aparecieron, gritando y escandalizando, unos muchachos que a duras penas arrastraban un árbol que habían cortado en el monte. Lo llevaban para hacer las vigas de sus casas. Al verlos tan fatigados y bulliciosos, Zipacná, saliendo del río donde estaba sumergido, les dijo:

—Decidme, ¿qué hacéis?

Uno de los muchachos, deteniéndose, sudoroso, contestó:

—Ya lo ves; acarreamos este tronco.

—Ya lo veo; mas, ¿para qué lo queréis?

—Para hacer las vigas de nuestras casas —contestó el mismo muchacho.

—Está bien.

—Así lo creemos.

—Yo les ayudaré; yo llevaré el tronco porque soy fuerte e incansable.

—Si es tu gusto hacerlo, no nos opondremos.

—Sí, es mi gusto. Decidme dónde debo llevarlo.

—A nuestro rancho, que está cerca de aquí, tras aquella loma.

—Vamos, pues.

Abriendo brecha entre los muchachos —que llegaban a cuatrocientos— Zipacná empezó a arrastrar aquel tronco, que realmente era grande y nudoso. Los muchachos puestos en Consejo, discurrieron, ladinos, mientras Zipacná trabajaba para ellos. Decidieron acabar con Zipacná. Decidieron esto porque conocían su orgullo, sus pretensiones, sus desatinos, y porque sabían cuán peligroso era por la fuerza monstruosa que había en todo su cuerpo. Estaban seguros también de que carecía de conciencia. Era, en su conducta, todo instinto. Lo mismo podía emplear su fuerza para el bien que para el mal. Lo mismo le daba. En tanto que Zipacná se alejaba arrastrando aquel árbol rumbo al rancho, los muchachos se pusieron de acuerdo sobre lo que tenían que hacer. Dijeron entonces:

—Abriremos un hoyo y haremos que baje Zipacná al fondo. Le diremos así: —Anda, termina nuestra tarea, ya que te has mostrado bondadoso; acaba de ayudarnos. Escarba también tú, que nosotros ya estamos cansados. Y cuando haya escarbado bastante, le echaremos una de las vigas más grandes que cortemos, para que muera de mala manera, con el golpe y bajo su peso.

Entonces, con disimulo, los muchachos empezaron a abrir un hoyo en la tierra que era de su pertenencia. Cuando hubieron escarbado algo, llamaron

115

a Zipacná, que ya había dejado, en lugar conveniente, el tronco que arrastró. Sobre una piedra descansaba, sudoroso y encendido. Tenía hinchados los brazos y las piernas; tanta era su fuerza. Volvió a decir:

—¡Yo hago las montañas! ¡Yo hago las montañas!

Los muchachos le interrumpieron:

—Ya lo sabemos, pero ahora ven con nosotros. Ayúdanos, pues hemos escarbado bastante. Estamos ahítos de tanto esfuerzo. Sigue escarbando tú, que tienes fibra y no te agotas nunca.

Zipacná se sintió halagado por estas palabras; aumentó su vanidad; se acercó a ellos y les dijo:

—Veo que me conocéis. Está bien; seguiré escarbando, si así me lo pedís.

—Cuando hayas escarbado bastante nos llamas —añadieron los muchachos.

—Así lo haré. Podéis estar tranquilos, que yo terminaré el trabajo que falta.

Pero Zipacná comprendió la malicia con que aquellos muchachos procedían; entendió que le querían matar, aunque no supo por qué. Cuando le dijeron lo que tenía que hacer, se metió en el hoyo que estaba medio escarbado. Una vez dentro, en lugar de ponerse a trabajar en el centro, para hacerlo más grande, se puso a cavar una cueva en una de las paredes. Cuando la tuvo hecha se metió en ella para salvarse. Desde allí, acurrucado, gritó:

—¡Venid a acarrear la tierra que he escarbado!

Varias veces tuvo que llamarlos. Al oírle, los muchachos, taimados, se acercaron al hoyo. En voz baja, entre ellos hablaron así:

—Estemos atentos; esperemos que grite otra vez; pongamos, mientras tanto, el palo más grande al borde del hoyo y, en cuanto vuelva a llamar, se lo echaremos encima.

Así lo hicieron. Y cuando Zipacná los volvió a llamar, rápidos, le echaron una viga encima. Al instante Zipacná lanzó un grito como si hubiera sido herido; luego se quejó varias veces para simular agonía; después guardó silencio como si de veras hubiera muerto.

—Está muerto —dijeron en voz baja los muchachos—. ¡Qué bien nos ha salido lo que pensamos! Para celebrar la muerte del orgulloso Zipacná hagamos nuestra bebida. Mañana vendremos a verle, y observaremos si salen hormigas y gusanos de la tierra. Ésta será la señal de la hediondez de su cuerpo. Si así sucede beberemos, alegres, nuestra bebida fermentada.

Pero Zipacná oyó, con tristeza, desde el fondo de la cueva, lo que los muchachos decían. Decidió vengarse. Tal como lo esperaban los muchachos, al día siguiente se vieron sobre la tierra cercana hormigas y gusanos que arrastraban hebras de cabellos y pedazos de uña. Al notar esto los muchachos se pusieron a gritar, desaforados, llenos de malsana alegría. Gritaban de esta manera:

—¡Ya acabó ese mal hombre! ¡Ya acabó ese mal hombre! ¡Ya acabó, para siempre, ese mal hombre!

Pero Zipacná, como se advierte, estaba vivo, que ni herida ni rasguño alguno sufrió. Él mismo había dado a las hormigas hebras de sus cabellos y pedazos de sus uñas. Engañados, los muchachos prepararon con regocijo su bebida. La dejaron fermentar en lugar cálido y seco y, al cabo de días, con ella se embriagaron. Beodos y derrengados, como bestias, iban dando tumbos por los caminos y las veredas del rancho en que vivían hasta caer en los quicios de las puertas de las casas o junto a las albarradas de sus solares o en medio de las plazas donde solían jugar. Boquiabiertos estaban todos. Sudaban sudor frío y apestoso, mientras les escurría, entre los dientes, una baba espesa y negruzca. Por los poros abiertos les salía uno como tufo ácido.

Mientras sucedía esto, Zipacná abandonó su escondrijo; se escurrió entre la maleza y los escombros de las casas viejas; reunió las fuerzas que le quedaban en los brazos y en los muslos y en la nuca; se desentumeció, estirándose y retorciéndose; avanzó hasta el centro del rancho; allí se irguió todo lo que pudo; levantó los postes de las chozas y sin ser sentido por nadie, los desvió de sus horquetas. Luego, rápido, los dejó caer de golpe. Así hundió sobre los muchachos la techumbre de sus casas. Todos murieron aplastados bajo el peso de las vigas y de las ramas. Sólo se oyó un largo y agudo grito. Esto y no otra cosa sucedió en esta tierra. Pero sépase que la historia de este episodio no termina aquí, como luego se verá.

Ahora se cuenta de qué manera, al fin, fue vencido Zipacná, gracias a la sabiduría y al ardid de que hicieron gala Hunahpú e Ixbalanqué. Éstos sintieron tristeza por la muerte de los cuatrocientos muchachos. Apesadumbrados, los gemelos meditaron en soledad acerca de lo que tenían que hacer para castigar a Zipacná, que tantas pruebas de orgullo y de maldad venía dando.

Pronto encontraron la solución y el momento propicio para llevar a cabo lo que habían imaginado. Sucedió que Zipacná buscaba para comer peces y cangrejos y langostinos y camarones en las aguadas y en los esteros del lugar. Ésta era su costumbre. De ella no salía nunca. En el día iba de un sitio a otro buscando su comida; la que encontraba sabrosa y fresca, la ponía a buen recaudo donde nadie pudiera quitársela; y así, cuando tenía hambre, la devoraba tranquilamente. Por la noche, según era su parecer, se dedicaba a transportar la mole de las montañas de una región a otra. Hacía esto, según era su engaño, con suma destreza y en silencio. Nadie se percataba de lo que Zipacná hacía. En esta mentira vivía, complacido, desde que nació.

Cuando Hunahpú e Ixbalanqué vieron lo que Zipacná hacía durante las horas del día, fabricaron un gran cangrejo. Lo hicieron de barro. Con la flor amarilla que crece en las aguadas le pusieron los ojos. Al cuerpo le dieron apariencia de carne, de esta manera: con bejucos le formaron las patas y con una piedra pulida y de color gris el estómago y el carapacho. Cuando terminaron de hacer esta figura, la pusieron en el fondo de una cueva que estaba al pie de una montaña que llamaban de Meaván. Entonces Hunahpú e Ixbalanqué decidieron buscar a Zipacná donde solía husmear su comida. Fueron y lo encontraron, en efecto, junto a un río que se deslizaba entre guijas y helechos. Allí hurgaba con un palo las aguas de la corriente. Al verlo tan entretenido, le dijeron:

—¿Qué haces aquí?

—Busco mi comida —contestó.

—¿Qué es lo que buscas con tanto empeño?

—Peces y cangrejos; pero les digo que hoy ha sido día malo para mí. Nada he encontrado. Hace tiempo que no logro pescar lo que quiero, por esto tengo tanta hambre; ya me duelen las tripas de tan vacías que las siento. El pellejo de mi barriga se pega a los huesos de mi espalda.

—No te aflijas, que todo acabará bien— le respondieron, casi a dúo, los gemelos—. Figúrate que acabamos de ver, al pie de la montaña de *Meaván,* un cangrejo. Es tan grande que seguramente bastará para que vivas varios días. Debe estar lleno de grasa y de carne. Es tan gordo que casi no puede menearse. Nosotros quisimos atraparle, pero no pudimos, a pesar de nuestro empeño; es demasiado fuerte, es demasiado recio y, además, no cabemos dentro de la cueva donde está escondido. Inútilmente luchamos con él; en un descuido estuvo que nos arrancara las manos con sus tenazas. Deben ser durísimas porque, furioso, se puso a triturar unas piedras que allí había. De veras que nos dio miedo. ¿Quieres ir a verlo? ¿Quieres venir con nosotros? ¿Quieres atraparlo tú? Te diremos el lugar preciso en que se esconde.

—Sí, quiero verlo.

—Vamos.

—Caminaremos por la orilla del río que pasa por aquí; seguiremos su curso y cuando lleguemos a la falda de la montaña que te decimos, nos detendremos junto a la entrada de la cueva donde habita dicho cangrejo.

—Acompañado no me será fatigoso el viaje. Por el camino mientras tanto, podréis cazar pájaros. Ésta será buena diversión que a todos nos alegrará.

—Está bien, nos gusta tu acuerdo. Vamos entonces; te acompañaremos hasta el lugar de la cueva. Pero te advertimos de una vez: tú lo atraparás solo, sin nuestra ayuda.

—Convenido.

—Te decimos también: a la cueva entrarás boca abajo, para que puedas deslizarte mejor y sin hacer ruido.

—Así lo haré, si es preciso.

—No perdamos más tiempo.

—Caminemos.

Camina que camina llegaron al lugar donde habían puesto aquel simulado cangrejo. Al verlo tan grande y tan panzudo, relucientes las tenazas y el carapacho cubierto de verdín y de moho, Zipacná se llenó de gozo; le escurrió la baba y le brillaron los dientes casi fuera de los labios, gordezuelos, hinchados. Los muchachos se acercaron al cangrejo y simularon, con aspavientos, que le tenían miedo y que les era imposible atraparlo. Al ver esto, Zipacná dijo, engañado:

—¿De veras que no lo podéis atrapar? ¿Tan fiero es?

—Ya lo has visto. Nos es imposible agarrarlo. Te lo hemos dicho; le tenemos miedo. Sólo entrando boca abajo y arrastrándose con cautela sobre la tierra será posible cogerlo. Anda, anímate, cógelo, atrápalo; no sea que se incomode y se escape; acércate con cuidado, no te vaya a destrozar con sus tenazas; prueba ya, si lo deseas.

Entonces Zipacná entró en la cueva tal como se lo habían dicho; es decir, entró arrastrándose sobre la barriga. Se deslizó con suavidad y cautela. Después para ver mejor su presa se deslizó boca arriba. Pero en el momento en que sus pies desaparecieron bajo los bordes de la entrada, los hermanos se acercaron para ver lo que hacía. Iba ya a agarrar la figura del cangrejo, cuando aquéllos sacudieron las rocas de la cueva e hicieron que éstas se derrumbaran con estruendo y polvareda. Entre los escombros quedó aplastado Zipacná. Lanzó un grito; su cuerpo se estremeció un momento y en seguida se convirtió en piedra. De ahí vienen esas piedras blancas y lisas que por los caminos de la tierra quiché encuentran los viajeros y los caminantes. Dicen que cuando reciben la lluvia, al humedecerse, se quejan como se quejó aquella vez Zipacná. Así acabó la vida de aquel que se ufanaba, lleno de orgullo, de mover los montes y las montañas y de ser el hijo del difunto Vucub Caquix.

Ahora se dirá cómo murió Capracán, el segundo hijo de Vucub Caquix. Pasó así. Hurakán vino y dijo a Hunahpú e Ixbalanqué lo siguiente: —No olvidéis lo que os digo. Es preciso vencer a Capracán. Esto es lo que quiero que hagáis, porque no es bueno que Capracán pretenda igualarse a la grandeza de arriba. La grandeza suya no se acerca ni a la sombra de la grandeza de ningún dios. Todo en él es engaño y orgullo insensato. Con disimulo llevadlo hacia el rumbo por donde sale el sol. Allí obraréis como es debido.

—Así lo haremos —contestaron los gemelos.

—Hacedlo así sin tardanza —añadió Hurakán.

—Haremos lo que dices, porque es justo. Entendemos que no está bien que Capracán sea como es; ni está bien que diga lo que hace, sin ser cierto.

—Cumplid con lo mandado —concluyó Hurakán.

Y los hermanos fueron.

Por aquel entonces, precisamente, Capracán estaba ocupado en su engaño; es decir, se empeñaba en hurgar debajo de la tierra de las montañas. Con leve presión de sus pies creía que las agrietaba. De este modo se entretenía cuando lo encontraron los jóvenes que se dice.

Al verlo le preguntaron:

—¿Qué haces, Capracán?

—Ya lo veis: agrieto las montañas; hago esto para que venga la luz y se acerque el día. Pero ya que os miro, decidme: ¿qué hacéis por estos lugares tan apartados? Nunca antes había visto vuestras caras. ¿Cuáles son y qué significan vuestros nombres?

—No tenemos nombre ni nunca lo hemos tenido. Como puedes ver, somos cerbataneros; somos pobres; carecemos de todo. Ningún adorno luce en el lienzo de nuestros vestidos; ninguna pluma en el pelo de nuestras cabezas; no llevamos ni collares ni anillos. Sólo sabemos armar trampas para coger pájaros. Ésta y no otra cosa es nuestra gracia. De veras te decimos que las armamos bien. Mejor que nosotros nadie las arma. Ningún pájaro se nos escapa. Y así, a la aventura, vamos por allí caminando por los vericuetos escondidos de los montes. Por esto viene a cuento que te digamos ahora: venimos de una gran montaña que parece cortada en la punta. ¿Es cierto que tú puedes agrietar las montañas y sacar la luz de sus peñascos?

Capracán contestó:

—Claro que es cierto. ¿Quién puede dudarlo? Pero, ¿es verdad también que vosotros habéis visto esa montaña de que habláis? ¿No podéis decirme dónde está? Necesito conocerla y ver si su armazón de piedra es buena y si el sitio que ocupa es conveniente. Si queréis vamos hacia el lugar en que se levanta. Veréis lo que hago con ella, conforme a lo que me es permitido.

—Está por ahí, por donde sale el sol —le contestaron los gemelos.

—Mostradme el camino.

—Mejor, si quieres, te acompañaremos hasta el lugar en que empiezan a levantarse los caminos de su falda. Podrías perderte entre los vericuetos del bosque que la rodean. Además el paraje es peligroso porque allí abundan animales ponzoñosos y salvajes. Vamos juntos; así nos ayudaremos mutuamente. Te acompañaremos; ven con nosotros. Para seguridad tuya, irás en medio. Mientras andamos veremos si al fin y por casualidad podemos cazar algún pájaro, aunque lo dudamos, porque el viento recio que sopla los arrastra lejos.

—Acepto, pues; vamos.

Así; los tres fueron andando por dichos senderos. Los jóvenes iban delante, contentos, porque contra lo que esperaban, a cada paso tenían ocasión de probar la puntería de sus cerbatanas. Pero sépase que al dispararlas no les ponían bodoques ni de madera, ni de barro ni de nada. Tan sólo soplaban en ellas y con el aliento que echaban —era tan fuerte— los pájaros caían heridos. Esto admiró a Capracán, quien no sabía qué pensar ni qué decir.

A eso del mediodía, después de haber caminado buen trecho por lugares escarpados, se detuvieron sudorosos y anhelantes, en un sitio propicio y sombreado por las ramas de un árbol copudo. Allí respiraron a gusto. La brisa les batió la cara. Los jóvenes encendieron fuego; armaron un asador y en él ensartaron algunos de los pájaros que de modo tan misterioso habían cazado. A uno de estos pájaros le untaron cal. Con el olor de la carne asada, Capracán sintió hambre; y así lo dijo a los hermanos. Éstos, apartándose, dijeron entre ellos:

—Gracias a este pájaro untado de yeso, haremos que cese su hambre y empiece su muerte. Si pregunta por qué está blanco le diremos que es el color que da la más olorosa yerba que sirve para adobar la carne de los pájaros. Le diremos también que esto nos lo enseñó nuestra madre que conoce menesteres de cocina.

Mientras hablaban así, iban volteando, sobre las brasas, la sarta de pájaros. Los pájaros dorados, despedían un olor entre agrio y dulce que daba mucho gusto al olfato y ponía agua en la boca. La sangre y la grasa escurrían; y por el aire, subía un humo plácido. Con esta suavísima incitación, a Capracán se le alargaba el hocico, se le humedecían los labios, se le escurría la saliva y se le movía, sin cesar, la lengua. Ansioso, acabó por decir:

—Ciertamente que esa comida tiene buen olor. Dadme ya un pedazo de carne, aunque sea pequeño, porque desfallezco de hambre. El apetito me agobia. No puedo más.

Entonces los muchachos, con disimulo le dieron un trozo de la carne de aquel pájaro embarrado de yeso. Sin fijarse en nada, Capracán lo comió ávido, goloso. Se relamió los labios y se chupó la lengua. Después que hubo comido, sin dejar la más leve brizna, ni una pequeñísima migaja, asoló los huesos y respiró con satisfacción. Los gemelos levantaron los demás pájaros cocidos y, como si tal cosa, los metieron en sus morrales y siguieron caminando.

Entre bromas y veras iban hacia donde estaba la montaña cuando, de pronto, a Capracán se le aflojaron los brazos, se le doblaron las piernas, se le torció el pescuezo y se le acabaron, visiblemente, los ánimos. Desfallecido, casi inerte, quedó en el suelo. Presa de angustia se revolcó en la tierra. Sucedió esto cuando llegaban a los linderos de la montaña de Meaván. Así, vencido, no pudo hacer nada delante de ella. No tuvo espíritu ni para arañar la tierra. Derrengado quedó sobre ella. Los gemelos no dejaron de instarle para que cumpliera con su oficio. Hicieron mofa de su fracaso. Al notar que no podía ni menearse ni abrir los ojos y que era menos que trasto inútil, le amarraron las manos por detrás; le ataron el cuello junto a los pies; y así doblado, lo colocaron en un hoyanco que ahí estaba. Con piedras lo acabaron de hundir hasta el fondo y luego lo cubrieron con tierra y basura. De esta manera terminó Capracán por el orgullo de que hacía gala aquí en la tierra quiché. Los encargados de ejercer esta justicia, en nombre de Hurakán, fueron los gemelos Hunahpú e Ixbalanqué.

HABIENDO REFERIDO LA MUERTE de Vucub Caquix y la de sus hijos Zipacná y Capracán, es bueno que se hable ahora del oficio que ejercían los gemelos. Así se hará en las páginas siguientes de esta crónica.

Después que hicieron lo que se ha referido, Hunahpú e Ixbalanqué pensaron que estaban obligados a mantener y a acrecentar su fama delante de Ixquic y de Ixmucané. Toda la noche discurrieron sobre los planes que habrían de desarrollar en adelante. Cuando amaneció y las tortolitas dejaron oír su canto lastimero, vieron que era bueno cultivar la milpa que estaba cerca de la casa. Con esta idea se acercaron a la viejecita y le dijeron:

—No estés triste, abuela; has de saber que nosotros sembraremos el solar que heredaste y que con lo que produzca te alimentaremos regaladamente. En tu presencia haremos nuestros juegos para que te diviertas al lado de Ixquic y tengas regocijo y las horas de la tarde se te hagan cortas. De esta manera no echarás de menos a nuestros hermanos desaparecidos.

La abuela oyó en silencio estas palabras y con dolor oculto, en voz baja, les contestó:

—Sea así si esto es cierto y ésta es la voluntad de mis nietos.

Ixquic también dijo:

—Haced lo que deseáis, si es justo.

—Así lo haremos, porque así nos lo dicta nuestro corazón —contestaron los gemelos.

Entonces Hunahpú e Ixbalanqué se dispusieron a ir al campo. Tomaron sus hachas y sus azadas. Sobre el hombro llevaron sus cerbatanas. A tiempo de salir dijeron a la abuela.

—Cuando veas que es mediodía, prepara nuestra comida, ponla en una jícara, junta algunas tortillas y tráenosla al solar donde te estaremos esperando. Bajo la sombra de algún árbol comeremos.

La abuela compungida, sin levantar los ojos del suelo, contestó:

—Cumpliré vuestro mandato. Como queréis, al mediodía os llevaré la comida.

Y así los hermanos salieron al campo para labrar la tierra. En ella hicieron surcos y sembraron maíz, frijol, chayote y legumbres. Después cortaron ramas, bejucos, lianas y troncos. Removieron las trozas y las ataron para llevarlas a la casa. Con los troncos hicieron piras y con los bejucos hatos. En estos trajines estaban cuando vieron que una tórtola trepaba por los árboles y que con el pico hacía un nido en las partes más altas. La llamaron y le dijeron:

—Sube todavía más arriba y vigila. Cuando veas venir a la viejecita que ya conoces grita para que sepamos que se acerca. Así estaremos prevenidos. Tú sabes por qué queremos esto.

La tórtola, estirando la cabeza, contestó:

—No tengáis cuidado, sabré cumplir vuestro encargo.

Y los dos hermanos, confiados en el aviso que les daría la tórtola, abandonaron la labranza y se dedicaron a cazar pájaros.

Los cazaban con sus cerbatanas. Tenían que aguzar mucho la puntería porque había polvo. En efecto, el viento del sur cruzaba aquel lugar en ráfagas intermitentes, arrastrando briznas del suelo y rastrojos de las eras. Cuando más entretenidos estaban en estos ejercicios, oyeron los gritos de la tórtola. Presurosos recogieron sus azadas y simularon que trabajaban la tierra. Así, sudorosos y fatigados, los encontró la viejecita. Con mimos le hicieron ver que estaban cansados por el trabajo agrícola que sin interrupción habían hecho desde la mañana. La viejecita, en silencio, dejó sobre una laja la comida que había preparado. Los muchachos, en cuclillas, se pusieron a comer llenos de gozo. La viejecita permaneció sin decir palabra, como si una pena profunda la agobiara. Tenía los ojos enjutos. Cuando terminaron de comer y bebieron sorbos de agua con miel, la viejecita recogió el *lec* y el calabazo y regresó a su casa. Los gemelos tiraron al suelo las migajas que sobraron, a fin de que comieran los pájaros. Al verse otra vez solos, reanudaron el juego de la caza. Al caer la tarde recogieron sus instrumentos de labranza. Cruzaron el monte en el instante en que se hundía el sol tras el lomerío y los luceros se prendían en el cielo. Al llegar a la casa dejaron sus instrumentos en un rincón, se sentaron en sus butacas, estiraron las piernas y los brazos, bostezaron con ruido y se restregaron los ojos. Luego, sin razón para ello, dijeron:

—De veras que estamos cansados.

—Entonces debéis estar quietos —les dijo la abuela.

Quedaron largo rato sin hablar, sumidos en somnolencia; luego, ya anocheciendo, se acercaron al fogón de la cocina, atizaron las brasas y soplaron la ceniza. Inundaron por un momento la oscuridad con multitud de chispas, que estallaban en el aire y se apagaban pronto. Afuera, tras las albarradas, se oían los alaridos y los gruñidos de los animales que corrían por el campo y rondaban la casa. Entre las sombras volaban murciélagos y vencejos. Parecía que estaban pendientes de un hilo y que se mecían sin cesar en la sombra. Se detenían a veces en las vigas de la casa y en las hamaqueras. Con la cabeza apoyada en las manos, los gemelos se fueron quedando dormidos. Cerca de ellos, sobre esteras de algodón, dormían también la abuela y la madre. El viento soplaba entre las rendijas de los carrizos de la casa. La noche se hizo completa. Todo quedó inmóvil. El viento y la sombra y el murmurio de los árboles y los ecos parecía que se habían aquietado. Al día siguiente, antes de que amaneciera, los gemelos se levantaron y volvieron a salir rumbo a la milpa. Sobre el hombro llevaban sus instrumentos de labranza.

Al llegar a la milpa vieron que lo que habían hecho estaba destruido y pisoteado; encontraron esparcidos los troncos, los bejucos y las ramas de los árboles; achatados y desviados los surcos y azolvadas las acequias. Las hojas que habían recogido y guardado en pequeños canastos las encontraron regadas por el suelo. Perplejos se quedaron mirando aquel estropicio.

—¿Quiénes habrán venido a nuestra milpa? —dijo uno de ellos.

—¿Quiénes nos habrán hecho este daño? —preguntó el otro.

El primero añadió:

—Los que hicieron estos destrozos fueron, sin duda, los animales del monte que andan ariscos, soliviantados, como si estuvieran en brama. Las huellas de sus patas es honda.

—Allí se ven pisadas de tigres, más cerca de jaguares y aquí de pizotes. Estos animales tienen mala entraña y pésimo instinto.

—Es posible que así sea —replicó el segundo—. Pero es extraño que no sepan que esta tierra es nuestra y que por lo tanto nadie puede hollarla sin nuestro permiso.

No hablaron más, y a regañadientes se pusieron a remediar el mal que encontraron. Volvieron a abrir los surcos y a apisonar las veredas. Recogieron los trozos de madera y limpiaron el suelo de hojarascas y de espinas. Cuando miraron que todo estaba terso y en orden, dijeron:

—Ahora nos iremos a descansar, pero volveremos luego y velaremos nuestra milpa. Necesitamos saber quiénes han venido a destruirla. Nuestros enemigos verán lo que hacemos con los que se atreven a perjudicarnos o molestarnos sin razón ni justicia. Nuestro castigo caerá sobre sus espaldas.

Y con este acuerdo, al volver a la casa, dijeron a la abuela y a la madre:

—No os imagináis los destrozos que hemos encontrado en la milpa. Por ella pasó una recua desbocada. Todo lo hemos encontrado destruido, pisoteado por las patas de animales recios, voraces y furiosos. Sin duda, que algunas bestias tiraron las albarradas y entraron a nuestros solares. En el suelo estaban las piedras recién encaladas de las bardas. Hasta el brocal del pozo lo hallamos destruido. En el agua del fondo había basura y pestilencia. Después de la comida iremos a cuidar nuestro solar, porque no está bien lo que se nos ha hecho.

Con este ánimo, ya anocheciendo y arrebujándose en la neblina del mar, tornaron a la milpa. Tras los troncos cortados y en la parte más oscura se agazaparon para vigilar. Así estuvieron escuchando y avizorando largo tiempo. Encima de Hunahpú e Ixbalanqué volaban búhos, murciélagos y vampiros. A la medianoche, empezaron a reunirse en el centro de la milpa grandes y pequeños animales de cuatro patas. Entre ellos decían, en varios tonos: ¡Levantaos, árboles! ¡Levantaos, árboles!

Así gritaban los animales recién llegados, mientras corrían y saltaban bajo los árboles, entre los matorrales y los macizos de yerba. Estaban entretenidos en este bullicio, cuando fueron sorprendidos por los gemelos. Éstos quisieron atrapar al jaguar y al tigre porque eran los que más destrozos hacían con sus garras y los golpes de sus colas peludas. Pero el jaguar y el tigre se escaparon pronto y se perdieron en la oscuridad de la maleza. Ni rastro dejaron. Sus pisadas se borraron en la tierra fangosa. Los gemelos pretendieron luego coger a los venados que saltaban con ímpetu, pero éstos también pudieron escapar sin dejar tras sí huella alguna. Delante de sus ojos se escurrieron con igual facilidad los conejos que corrían quebrando las espigas y los tallos que brotaban. Tampoco pudieron atrapar al gato montés ni al coyote ni al jabalí ni al pizote, porque todos, diestros, ágiles, se escurrían como sombras entre las yerbas caídas y se agazapaban entre la hojarasca. A lo lejos se les oía chillar en son de burla. Con esfuerzo lograron dar alcance a un conejo. Lo apresaron por la cola, pero ésta, como si fuera niebla, se deshizo entre los dedos. (Desde entonces los conejos llevan corto el rabo.)

Hunahpú e Ixbalanqué se pusieron furiosos por este fracaso. Ya desesperaban cuando entre los rastrojos, hocicando y escarbando en la tierra, descubrieron un ratón. Presurosos lo atraparon sin hacer caso de sus chillidos ni de sus dientes ni de las contorsiones que hacía, pugnando por escaparse. Para atormentarlo le chamuscaron el rabo y le apretaron el pescuezo. (Desde entonces los ratones chillan como ahogados, llevan la cola sin pelo y tienen los ojillos enrojecidos.) Luego le pusieron sobre una laja. Al verse libre levantó el hocico, paró las orejas y dijo:

—Ya me habéis castigado bastante, no me matéis; quiero seguir viviendo entre la siembra. Por otra parte yo sé que vuestro oficio no es matar sino dar vida.

—Vemos que nos conoces; sigue hablando y dinos lo que sepas de nosotros.

—Si me dais de comer y beber os diré lo que sé; si no hacéis esto, me callaré. La verdad la llevo en mi barriga. De aquí no saldrá sin vuestra promesa.

—Habla, pues. Cuando lleguemos a la casa te daremos de comer lo que quieras y todo lo que quepa en tu panza.

—Hablaré si es vuestro gusto.

—Así lo deseamos; habla pronto.

—Oídme entonces. Esto que veis aquí pertenecía a vuestros antepasados. Todo era de los Ahpú, quienes fueron muertos sin razón ni justicia por los señores de Xibalbá. Los Ahpú, antes de morir, dejaron en secreto sobre el tapanco de la casa, las lanzas, los guantes y las pelotas que se usan en los juegos. Vuestra abuela sabe esta verdad y os la oculta porque presiente lo que seríais capaces de hacer con tales instrumentos.

—¿De veras es cierto lo que dices? —inquirieron al mismo tiempo los gemelos.

—Los ratones no sabemos mentir. Por cada mentira que decimos perdemos un diente; y los dientes para nosotros son la vida misma. Sin ellos moriríamos de hambre. Y yo, todavía, como veis, no he perdido ninguno. Los tengo firmes, completos, afilados y blancos.

—Entonces ven con nosotros.

Caminaron por el camino que iba de la milpa a la casa.

El ratón les seguía los pasos como si fuera un coyote dócil y amaestrado. Caminaba juguetón y travieso, cruzando entre los pies de los gemelos. Al llegar a la casa, conforme lo convenido, le dieron de comer. Sobre una lechuga le pusieron frijol, zanahorias y cacao. Cuando lo vieron panzudo y alegre le dijeron:

—Hoy ésta fue tu comida. La has aprovechado bien; pero debes saber que en adelante roerás desperdicios; comerás lo que encuentres en los escondrijos y en los rincones de las despensas y lo que dejen, por descuido, los animales y las gentes; no te echamos; mientras quieras vivir con nosotros podrás hacerlo. Ésta será tu casa. Habítala y recórrela durante el tiempo que quieras. Nadie te dirá nada.

—Me gusta vivir bajo techo; estoy viejo y achacoso y el trabajo por esos vericuetos de la tierra, a la intemperie, me tiene cansado y doblado. Ya renqueo no obstante mi buen humor y mi espíritu juvenil. Un minuto de travesura me cuesta lágrimas. Los saltos que di por el camino y la comida de ahora me tienen ya sin ánimo. Los ojos se me cierran. Pero, ¿qué debo hacer para que las mujeres de esta casa, cuando me vean, no me echen al camino, pegándome con la escoba, o dándome en el trasero con la punta del pie o espantándome con jícaras de agua?

—No te apures, que nada de esto sucederá. Nosotros te cuidaremos. Ahora sabrás lo que tienes que hacer. Fíjate bien. Subirás al tapanco de la casa y treparás hasta donde están guardados los objetos que dices. Lo que luego tienes que hacer te lo diremos a su tiempo.

El ratoncito dio señales de asentimiento, se escondió, y los hermanos se echaron en sus esteras. Fingieron dormir. Después de una noche de cavilaciones, Hunahpú e Ixbalanqué salieron al campo. Amanecía. Apenas comenzaban a quejarse en la lejanía las tortolitas; apenas si algunas lagartijas asomaban la cabeza, entre las grietas de las albarradas; apenas si en la maleza se veía la saeta gris del paso de los venados. Los dos hermanos abriendo brecha con sus azadones, caminaron por la selva, internándose entre sus partes más oscuras. Cuando encontraron un árbol copudo se arrimaron a su tronco para descansar. Allí, preocupados, tristes, se pusieron a discurrir como si presintieran momentos de amargura. Quedaron luego en silencio. Dentro de ellos estaba, como despertando, la realidad de sus destinos. A eso del mediodía, más preocupados aún, volvieron a la casa. Nadie los vio entrar. Sólo los perros ladraron delante de su presencia. Se sentaron en sus butacas cerca del fogón. Lo atizaron; removieron las brasas y se calentaron las manos y las piernas. Llamaron al ratón. Vino éste, presuroso, y al oírlo le dijeron lo que tenía que hacer. Luego se acercaron a la banqueta donde siempre comían. La abuela les dijo:

—La comida está servida.

—Ponle chile picado a nuestra carne —replicó Hunahpú.

La abuela obedeció. Les trajo en una escudilla caldo y carne sazonada con orégano, perejil y chile picado. Mientras comían, adrede derramaron el agua que había en una jícara. Entonces, con aspavientos, dijeron a la abuela:

—Abuela, abuela, mira, hemos derramado el agua y tenemos sed porque nos arde la boca con el picante. Tráenos más agua, pero ve pronto. Levántate, anda en seguida. No te detengas en ninguna parte.

La abuela tomó una jarra vacía y fue al pozo para sacar agua. En cuanto la abuela salió de la casa, el ratón trepó al tapanco donde estaban guardados los objetos del juego. En eso notaron también que en las tazas del caldo habían caído muchas libélulas, de esas que llaman *Xan*. Tomaron una por las alas y le dijeron:

—Vuela y sigue a nuestra abuela. Búscala junto al

brocal del pozo, y con cuidado y disimulo, horada la jarra que lleva. Hazlo pronto y bien. Tú sabes por qué debes hacer esto.

Fue la libélula e hizo lo que le habían mandado. Horadó la jarra que llevaba la abuela, y el agua que ya tenía se derramó. Mientras tanto, los hermanos fingiendo impaciencia empezaron a gritar.

—¿Qué es lo que haces, abuela? ¿Por qué tardas tanto? ¿Hasta dónde has ido por el agua que te pedimos?

Luego, dirigiéndose a Ixquic, añadieron:

—Madre, sal también tú y mira lo que hace nuestra abuela, que ya no podemos más con esta brasa que nos quema la boca. Dile que si no vuelve con el agua nos volveremos de piedra.

La madre salió también. Entonces el ratón bajó del tapanco con las pelotas, las lanzas, los guantes, las pieles y los escudos que estaban guardados en aquel sitio. Sin perder tiempo los muchachos tomaron aquellos objetos y los ocultaron fuera de la casa, en un recodo del camino que va a la Plaza del Juego. Después, como si no hubieran hecho nada, fueron al solar para ver a la abuela y a la madre. Encontraron a las dos mujeres llorando junto al brocal del pozo; contemplaban la jarra y el agujero por donde se había escurrido el agua.

—¿Qué es lo que sucede? No podemos esperar más; nos arde la boca —dijeron los muchachos.

La abuela les dijo:

—Vuestra madre es testigo. Mirad la jarra; tiene un agujero; por él, sin que yo lo advirtiera, se salió el agua. No me regañéis por esta desgracia.

138

La madre dijo:

—Es verdad lo que dice vuestra abuela.

Los muchachos tomaron la jarra y con resina de zapote taparon el agujero. La viejecita la volvió a llenar, pero como pesaba mucho, Ixquic le ayudó a llevarla. Entonces los hermanos, después de tomar unos sorbos, y so pretexto del calor que hacía junto a la cocina, se quedaron al borde del camino, a tomar el fresco. Se sentaron bajo las ramas de un árbol. Al cabo de un rato de soledad recogieron, presurosos, los útiles que habían ocultado. Con ellos tomaron el rumbo que iba hacia la Plaza del Juego. La plaza estaba como a dos jornadas. Llegaron a ella, y como la vieron abandonada y cubierta de yerbajos y de basuras que el viento agitaba y revolvía, se pusieron a limpiarla y a dejarla despejada. Luego humedecieron el piso para que no se levantara el polvo. Así dejaron pulido y aderezado el lugar. Al ver que la plaza quedó aseada en toda su anchura, se pusieron a jugar en ella. Jugaron con gran alegría, animándose con palabras y con gritos y con canciones. No supieron cuánto tiempo estuvieron jugando, tan afanosos y embriagados de contento estaban. La algazara que hacían no les permitió oír los gritos amenazadores que se levantaron en el predio de Xibalbá. En efecto, las gentes de Xibalbá estaban alebrestadas por el inusitado ruido que venía de la plaza. Incómodos, disputaban. Algunos, los más violentos, decían:

—¿Quiénes pueden ser ésos que contra nuestras ordenanzas juegan en la plaza? ¿Quiénes se atreven a perturbar nuestra tranquilidad y nuestro reposo? ¿Quiénes sacuden el aire con tantos golpes? ¿De dónde han podido venir los que así juegan como en plaza propia? ¿No saben los tales que el juego entre nosotros es sagrado, y que nadie sin licencia puede ejecutar juego alguno? ¿No comprenden que el juego es signo de libertad y de muerte y azar que rige la sentencia de los jueces? Los únicos que podrían ser tan osados para atreverse a jugar están muertos. Sólo ellos podían hacer semejante escándalo. De verdad que no comprendemos quiénes son los que ahora juegan. Hagamos que sin dilación vengan aquí y respondan de su osadía.

Los que así hablaban eran Hun Camé y Vucub Camé, señores de Xibalbá. Tal como lo dispusieron se hizo. Salieron mensajeros para averiguar quiénes eran los que jugaban. Los mensajeros, sin ser vistos, pasaron por la Plaza de Juego. Conocieron a los gemelos, pero no les dijeron nada; prefirieron ir a la casa de Ixmucané. Llegaron a ella y entraron hasta la cocina, donde estaba guisando su comida y le dijeron:

—Óyenos, Ixmucané; los señores de Xibalbá mandan que tus nietos Hunahpú e Ixbalanqué vayan a jugar con ellos. Dentro de siete días, no más, deben estar allí. Jugarán con los señores de acuerdo con las reglas que saben.

La abuela les contestó:

—Si así lo mandan, así lo harán mis nietos, porque siempre han sido gentes de rectitud y obediencia. Ésta es la verdad que llevaréis como respuesta.

—Daremos tu respuesta a los señores —contestaron los mensajeros.

Y en seguida, por donde vinieron, regresaron a la tierra de Xibalbá. Cuando desaparecieron por el camino, la viejecita se sentó en el pretil de su casa y se puso a llorar con hipo. Los suspiros que daba agitaban su pecho. Sus lágrimas caían abundantes, sobre sus manos. Ixquic se acercó a ella y lloró también, porque adivinó de qué se trataba.

La viejecita decía:

—¿Qué habrán hecho mis nietos que así han merecido este castigo? ¿Por qué los persiguen de este modo los señores de Xibalbá? ¿Quién les dará, ahora, esta noticia? Sin duda, que este anuncio es de muerte. Lo presiento en mi corazón que nunca me ha engañado; que no me engañó cuando mis hijos, los Ahpú, murieron en otro tiempo en esa misma tierra de Xibalbá y bajo la furia de los propios señores. De igual manera, éstos enviaron mensajeros en su busca. Nunca supe de mis hijos ni los volví a ver. De su voz no me quedó ni el eco.

Mientras decía esto, lloraba, inclinada la cabeza. Ixquic sollozaba a su lado sin saber qué decir. Del cabello de la abuela cayó, de pronto, un piojo. Ixmucané lo dejó caminar sobre su falda; luego lo tomó entre sus dedos y le dijo:

—Ya has oído lo que esos seres quieren de mis nietos. Compadéceme, ayúdame, tú conoces la miseria y el rencor de sus enemigos. Dime si quieres ir a la Plaza de Juego, porque allí, sin duda, están mis nietos desde hace horas. Llégate a ellos y diles en mi nombre quiénes han venido a verme y qué cosa me han dicho para ellos. Dales el recado que trajeron, pero que no haya confusión ni engaño. Si no lo oíste, apréndelo ahora: diles que dentro de siete días deben ir a jugar con los señores de Xibalbá. ¿Lo has entendido? ¿Te lo debo repetir? ¿Sabrás guardarlo en tu memoria y decirlo luego?

—Lo he oído bien, abuela. No se me olvidará; haré lo que tú quieras —contestó el piojo.

—Ve, y cumple con mi mandato.

El piojo saltó y partió a cumplir con el encargo. Caminaba despacio sobre la tierra y entre la yerba y las piedras, se escurría. Cerca del umbral de la casa, en el principio del camino, encontró al sapo, el más grande que había por aquellos contornos. El sapo vio al piojo, se detuvo y le dijo:

—¿A dónde vas, si se puede saber?

—Llevo el mandado en mi barriga. Voy en busca de los nietos de Ixmucané, a quien ya conoces, para darles un recado de los señores de Xibalbá.

—Está bien; pero advierto que vas despacio. ¿No quieres que te ayude? Lo haré de buena gana.

—¿Cómo podrás ayudarme en esto?

—Mira, te tragaré, y entonces los dos podremos llegar más pronto. Daré los saltos más grandes que nunca he dado.

—Bien está lo que dices; trágame, pues.

Y el sapo, sin más ni más, tragó al piojo. Luego caminó y caminó por las veredas y las zanjas y los fangos cercanos al lugar, pero no iba tan de prisa como quería, ni tan rápido como era necesario que fuera. Iba así, entre fatigado y sudoroso, cuando junto a una piedra encontró enroscada a la serpiente. Ésta desató sus anillas, se irguió y abriendo las fauces dijo:

—No saltes más y dime a dónde vas. Nunca te había visto saltar tan alto ni tan de prisa.

—En mi barriga llevo el mandado, y has de saber que es urgente, porque lo envían los señores de Xibalbá para Hunahpú e Ixbalanqué.

—Pero así como vas no llegarás en menos de ocho días. Caminas despacio. Tu destino está todavía lejos. Tardarás tanto que se te olvidará el recado que te dieron y tendrás que regresar a buscarlo. Si quieres, te tragaré y de este modo llegaremos pronto tú y yo.

—Está bien, trágame, si ésta es tu intención.

Entonces la serpiente tragó al sapo. La serpiente reptó sobre las piedras y se deslizó entre los abrojos, pero, con todo, no avanzó mucho. Así iba dando rodeos, subiendo y bajando, cuando desde las nubes la divisó el gavilán. Éste empezó entonces a volar en círculos, los cuales se fueron haciendo cada vez más pequeños y más bajos. Fue descendiendo hasta rozar las copas de los árboles. En el momento en que vio que la serpiente, en un tramo del erial, quedaba al descubierto, sin posible resguardo ni defensa, cayó sobre ella y la devoró. De esta manera fue como el gavilán llegó, antes de que anocheciera, a la Plaza del Juego donde estaban todavía, entretenidos, los nietos de la viejecita. Al llegar cerca el lugar, se detuvo sobre una albarrada y graznó ruidosamente.

Al oír estos graznidos, los muchachos asustados, temerosos, dejaron de jugar y dijeron:

—¿Quién puede ser el que de este modo grita? ¿Qué cosa pretenderá decir con tan extraña voz?

Y sin esperar más tomaron sus cerbatanas; buscaron entre los gajos y junto a las rocas, hasta que, sobre una albarrada descubrieron al gavilán, que con las alas abiertas seguía graznando, como alocado. En seguida, le apuntaron a los ojos y dispararon. El gavilán cayó malherido al suelo y abatió las alas. Los muchachos se acercaron a él y lo levantaron:

—¿Qué significan los gritos que dabas? —le dijeron.

—Dejadme hablar —contestó.

—Éste no es tu sitio, bien lo sabes. Algo extraño sucede cuando te has atrevido a llegar a esta plaza, que es lugar desierto y sin nada que comer.

—Tengo en mi barriga el mandado. Curadme los ojos si queréis y os diré la verdad que sé y que conviene a vosotros.

—Cierra el pico —le dijeron, a tiempo de que le levantaban las alas.

Le pusieron acostado sobre un pretil, le curaron los ojos con savia de zapote y zumo de llantén, y le hablaron otra vez:

—Ya estás curado; ahora puedes decirnos lo que sabes.

Entonces el gavilán arrojó por el pico el cuerpo de la serpiente. Ésta se incorporó y abrió las fauces. Al ver esto, los hermanos ordenaron a la bestia:

—Habla tú, y di lo que sepas.

El reptil arrojó entonces al sapo. Éste cayó sobre la tierra y dio dos o tres brincos. Tenía los ojos más saltones que nunca. Los muchachos le preguntaron:

—¿Qué mandado nos traes?

—Lo traigo en la barriga.

Pero ha de saberse que el piojo no estaba en la barriga, sino en la boca del sapo. Los muchachos, impacientes, desesperados, viendo que el sapo no hacía nada por decirles el encargo que esperaban, lo

144

empezaron a maltratar. Le dieron de golpes en la cabeza y en la rabadilla. Luego le torcieron las patas hacia atrás. Entre gritos le decían:

—Eres un mentiroso y un majadero. Nunca has sido sino un tramposo. Mala fama tienes entre los animales. Por algo te repudian y te hacen asco. Ya sabíamos que en ti nadie debe fiar. La traición y el engaño van contigo. En tu boca está la falsedad.

Entonces de la boca del sapo salió abundante saliva y entre ella se escurrió el piojo. Los muchachos dijeron al bicho que se deslizaba sobre una laja.

—Explica tú, si puedes, lo que hay de cierto.

El piojo, deteniéndose, balbuceó:

—La abuela me dijo: anda y di a los muchachos, que ahora se divierten en la Plaza de Juego, que han venido unos mensajeros de Xibalbá, los cuales dijeron que dentro de siete días deben ir a jugar con Hun Camé y Vucub Camé.

—¿Es verdad lo que dices?

—Es verdad lo que digo y no digo más porque eso es todo. La abuela os lo confirmará.

Entonces Hunahpú e Ixbalanqué abandonaron el lugar y partieron de prisa. Desolados, cruzaron el monte para ganar camino. Cuando llegaron a su casa dijeron a la abuela que impaciente les esperaba junto al fogón de la cocina:

—Un piojo nos dio tu mandado; por eso hemos venido. Iremos donde están los señores de Xibalbá. Pero antes de partir sembraremos una caña en el centro de nuestra casa. Si al cabo de un tiempo ves que sus tallos se marchitan, será señal de que hemos muerto, pero si reverdece y retoña, entenderás que vivimos. Éste es el signo de nuestra palabra; no lo olvides y haz también que lo tenga presente nuestra madre. Es justo que así sea.

Sin tardanza hicieron en el centro de la casa un hoyo y en él sembraron una caña recia que tenía varias hojas amarillas y moradas.

Después de hacer lo anterior —sin despedirse de la abuela ni de la madre, por no causarles pena—, partieron rumbo a Xibalbá. Tomaron el camino grande. Sobre sus cabezas volaban, en círculos, bandadas de pájaros. Más adelante cruzaron un río y en seguida otro. Después de días y de noches llegaron a un lugar donde la senda, inclinándose, entró por la hendidura de una piedra gigantesca, blanquecina y áspera. El camino siguió por debajo de la tierra. Caminando así, entre las tinieblas húmedas de un túnel, llegaron frente a una barranca. La cruzaron pisando sobre un puente de troncos de plátanos y continuaron por un lugar llano, iluminado gracias a la luz de unos cocuyos. Así llegaron a un lago de aguas quietas y negras como pizarra. Sobre unos bejucos entretejidos navegaron, batiendo el agua con los pies, sin sufrir daño ni contratiempo. Al llegar a la orilla opuesta siguieron caminando hasta que tropezaron con una selva. Caminaron junto a ella sin cruzarla hasta que llegaron a un lugar en que cuatro sendas se cruzaban en una ancha plaza tenebrosa, se apartaban luego de otras y por rumbos opuestos. Allí se detuvieron. Una como música que no sabían de dónde provenía llenaba el espacio. Azorados y al mismo tiempo valerosos, permanecieron quietos en aquel lugar. Se creyeron perdidos.

No sabían qué hacer; poco a poco fueron recuperando el gobierno de sus sentidos; sus ojos vieron mejor en medio de aquella oscuridad y descubrieron que una senda era roja, otra negra, otra blanca y otra amarilla. Se quedaron indecisos frente a esta diversidad de colores, sin entender su significado. Estaban contemplándolos, discurriendo acerca de su misterio, cuando oyeron una voz que dijo:

—Soy el camino de los señores.

La voz había partido del camino que ellos sabían. Entonces, sin esperar más, siguieron la ruta que se abría delante de ellos. Caminaron por ella aturdidos por las voces que se oían en el viento. Iban tan absortos que ni siquiera se dieron cuenta de que caminaban de prisa hacia el lugar de su destino. Así llegaron frente a las puertas de Xibalbá. Entonces enviaron una avispa para que observara lo que allí sucedía, tanto en la tierra como entre sus gentes. Antes de soltarla le dijeron:

—Anda, entra y mira lo que allí existe y pica a los señores que encuentres, porque desde ahora para ti será la sangre de los hombres. Pícalos, porque la sangre será tu único alimento.

La avispa movió las alas y se fue volando. Siguió una senda y se alejó hasta perderse en la oscuridad y en el silencio de la distancia. Así llegó al centro del pueblo de Xibalbá. Sus gentes estaban reunidas en Consejo. Todas parecían interesadas en algo grave. Hablaban unas y manoteaban otras. La avispa se adelantó hacia ellas; sin ser vista ni sentida por nadie, buscó a los señores principales, a quienes reconoció por la cimera de plumas que llevaban en la cabeza, y tras ellos se escurrió. Cuando los vio más entretenidos en la discusión que sostenían, empezó a picarles con un pelo de la pierna de Hunahpú. Primero picó a Hun Camé. Éste dio un grito.

—¿Qué te sucede, Hun Camé, quién te picó? —preguntó Vucub Camé.

—No sé; sólo oí un ruido de alas detrás de mí —contestó el aludido.

En seguida gritó, a su vez, Vucub Camé.

—¿Qué tienes Vucub Camé, quién te picó? —le preguntaron los señores que estaban cerca de él.

Después gritó Xiquiripa. Vucub Camé le preguntó:

—¿También a ti te picaron, Xiquiripa?

Luego, uno tras otro, gritaron los demás señores que allí estaban. Los gritos fueron tan agudos que se oyeron en toda la rueda de la plaza. La avispa les picó para que cada uno de dichos señores, al ser preguntado, fuera diciendo su nombre. Cuando la avispa hubo oído los nombres que se dicen, volvió rauda al lado de Hunahpú e Ixbalanqué que la esperaban. La avispa les informó de lo que había hecho, oído y visto. Entonces los hermanos fueron acercándose al pueblo de Xibalbá. Conociendo ya los nombres de las gentes se sintieron con más seguridad y confianza. Así penetraron por sus primeras callejas y veredas. Franquearon los umbrales del centro y avanzaron. Al pasar por las huertas que bordean las casas principales encontraron unos muñecos de madera, los cuales estaban adornados como si fueran gente de carne y hueso. Parecía que se burlaban dejando ver sus dientes hechos con granos de maíz amarillo. No los saludaron ni les hicieron reverencia alguna porque sabían que no eran sino figuras de engaño para provocar la curiosidad de los que pasaban. Avanzaron más y delante de las nuevas gentes que encontraron dijeron:

—Salud, Hun Camé, salud Vucub Camé, salud, Xiquiripa.

Y así, sin interrupción, dijeron los nombres de los que allí estaban sentados. A los señores de Xibalbá no les gustó que los recién llegados supieran de antemano sus nombres que tenían por secretos. Tuvieron esto por mal agüero. Por esta causa, con rudeza, dijeron:

—¿Quiénes sois vosotros?

Los hermanos dijeron:

—No lo sabemos.

—¿Quiénes fueron vuestros padres?

—Tampoco lo sabemos.

—¿Acaso sois, entonces, los seres a quienes mandamos llamar?

—Debíais adivinarlo.

—Si sois quienes creemos, decidnos si queréis jugar con nosotros.

—Sí, queremos, que para eso hemos venido.

—Juguemos entonces.

Avanzaron juntos, y cuando llegaron a la Plaza de Juego, los de Xibalbá, a traición, quisieron herir a los hermanos. Hunahpú fue lastimado en el hombro y por su brazo escurrió un hilo de sangre. Los hermanos, recatándose, dijeron entonces a los señores que les seguían:

—¿Acaso así nos queréis dar muerte? ¿Tanto nos odiáis? ¿Para hacernos mal nos habéis llamado? La verdad, no lo hubiéramos creído. ¿Este juego va a ser de engaño o de amistad? Si es lo primero, les decimos que mejor no hubiéramos venido; fuimos imprudentes al obedecer sin más insistencia de parte vuestra. Pero ya que en mala hora llegamos, creemos que nos debemos ir.

—No os vayáis, muchachos, que luego jugaremos en paz —se apresuraron a decir los señores.

—Así lo haremos, si éste es vuestro deseo —contestaron los gemelos.

Dijeron esto sin inclinar la vista ni alterar la voz. Al amanecer del día siguiente se presentaron los gemelos conforme se les había ordenado. Bajo la sombra de los muros de la Plaza de Juego se encontraron con sus adversarios. Jugaron entonces como sabían hacerlo; unas veces pegando a la pelota con los pies, otras con los cuadriles, nunca con las manos. Las manos las mantenían inertes o en alto, ociosas. Sólo en ciertos trances las usaban, valiéndose de palas. Así jugaron y vencieron. Los de Xibalbá, llenos de ira, oyeron la sentencia de los jueces que, conforme a las reglas del juego, era inapelable. Entonces dijeron a los gemelos:

—Está bien: nos habéis derrotado pero no por esto os daremos libertad; antes, os advertimos que tomaremos por la fuerza el ánimo de vuestra vida. Os someteremos a las pruebas que la costumbre establece en nuestro predio. Habéis ganado lo que depende del azar, pero no habéis ganado lo que depende de nuestra voluntad.

Los gemelos permanecieron callados. Entonces, los señores dijeron:

—¿Qué haremos para derrotarlos y tener derecho sobre sus vidas?

Uno dijo:

—Sometámoslos a las pruebas de antaño.

Otro añadió:

—Es lo debido. No podrán salir con vida de ellas, tan terribles son. Así perecieron los que eran gentes de saber y de fuerza.

Todos concluyeron:

—Hagámoslo así.

Los llamaron y les dijeron:

—Venid y sentaos en estas bancas.

Pero los hermanos no obedecieron, porque sabían que aquellas bancas estaban calientes. Al ver los señores que los gemelos se resistían, dijeron:

—Está bien; no os sentéis; pero sin excusa, entrad en la Cueva del Humo o Casa Oscura.

Los muchachos no contestaron y se dejaron tomar como si fueran prisioneros. Los llevaron hasta la entrada de la cueva que se dice y antes de abandonarlos dentro de ella, les dijeron:

—Aquí están las astillas y el tabaco que necesitáis para pasar la noche. Mañana vendremos a ver lo que habéis hecho.

Los dos hermanos tampoco dijeron nada y entraron a la cueva. Ya dentro de ella pensaron e hicieron lo siguiente: mojaron las astillas en agua roja para que permanecieran encendidas y enrollaron el tabaco y a cada rollo le pusieron en la punta un cocuyo. De esta manera pasaron la noche sin dormir y haciendo como que fumaban. Al alba dijeron a los señores de Xibalbá que fueron a visitarlos:

—Ya lo veis, hemos fumado lo que nos disteis, pero no hemos concluido ni las brasas ni el tabaco. Allí está lo que sobró.

Los de Xibalbá vieron, con asombro, que había sobrado todo. Entonces tomaron de nuevo a los hermanos y maniatados los llevaron delante de los que mandaban. Éstos, irritados, metieron a los muchachos en la Cueva del Frío. Dentro de ella Hunahpú e Ixbalanqué se defendieron de las ráfagas heladas que azotaban sus carnes, encendiendo maderas secas. Cerca del suave calor de una fogata pasaron la noche. Al día siguiente, al ver los de Xibalbá que los prisioneros vivían, ocultaron su ira dentro de sus corazones. Tomaron otra vez a los gemelos y los llevaron a la Cueva de los Tigres. Dentro de ella los hermanos dijeron a las fieras hambrientas que los acosaban:

—Comed de esta carne, gustadla, es buena.

Mientras tanto los señores de Xibalbá decían:

—Ahora sí serán vencidos. Nadie les prestará socorro. De ellos no quedarán ni los huesos.

Pero al amanecer los encontraron sanos y salvos.

Decidieron entonces meterlos en la Cueva del Fuego. Sin que se sepa cómo, los hermanos se libraron también de las llamas y de las chispas que por todas partes había en aquel lugar. Al ver esto los de Xibalbá se desesperaron. Los condujeron a la Cueva de los Pedernales y de las Lanzas.

—Desde este encierro tendréis que cumplir otra prueba. Queremos ahora cuatro ramos de flores.

—¿Qué flores queréis? —contestaron los huérfanos.

—Queremos flores rojas, amarillas y blancas y no otras.

—Las tendréis. Dadnos el tiempo necesario que estiméis justo para buscarlas y juntarlas.

—Tendréis el tiempo preciso. Ahora, para nuestra seguridad, no os moveréis del fondo de la cueva.

Los muchachos, en silencio, se recogieron en el fondo de la cueva.

Mientras tanto, los señores de Xibalbá, desde sus casas, espiaban y decían de los gemelos:

—Ahora sí serán vencidos, porque ¿dónde, en estos tiempos, podrán encontrar las flores que les hemos pedido? Jamás podrán encontrar las flores que exigimos. El campo está seco y no crece ni una brizna de hierba. Las flores que les pedimos sólo existen en nuestros jardines, los cuales están cercados y vigilados. Si no traen las flores, los declararemos vencidos y entonces los sacrificaremos conforme a nuestro derecho.

Hacia la medianoche los hermanos llamaron a las hormigas. Éstas vinieron en tropel, ágiles las patitas, enhiestas las antenas, aguzados los ojillos. A la entrada de la cueva se detuvieron. Los gemelos les dijeron.

—Oíd bien nuestras palabras. Bien sabéis lo que nos pasa y lo que queremos. Conocéis el camino de los jardines cercados por tapias y albarradas; subid por ellas y, sin ser sentidas, recoged las flores que nos pidieron.

Las hormigas obedecieron sin demora. Se escurrieron entre los abrojos hasta llegar a los jardines que se dicen. Los guardianes de los arriates, encaramados en las ramas de los árboles, gritaban sin cesar.

Sus gritos no sirvieron de nada. Mientras gritaban y gritaban, por debajo, entre las hierbas y los resquicios de la tierra, las hormigas se acercaban a los jardines. Se abrieron paso con sus tenazas, treparon por las tapias y las albarradas; llegaron a los arriates; alcanzaron los gajos de los rosales y arrancaron las flores. Y con su carga, por donde habían venido, regresaron, sin ser vistas ni oídas, a la Cueva de los Pedernales. Allí, a la entrada, depositaron las flores y se ocultaron en sus guaridas. Con ellas los gemelos hicieron manojos. Cuando amaneció, los señores de Xibalbá mandaron buscar a los prisioneros. Ya se regocijaban anticipadamente con la derrota y la muerte de Hunahpú e Ixbalanqué. Pero grande fue su asombro y su desconsuelo cuando vieron que cada hermano llevaba entre los brazos inmensos ramos de flores. Se dieron otra vez por vencidos los señores de Xibalbá. Llamaron a los guardianes de los jardines y les dijeron:

—¿Por qué dejásteis que estos señores robaran nuestras flores?

—A nadie vimos ni a nadie oímos durante la noche —respondieron los aludidos.

Pero, como es natural, no fueron creídos y en castigo, por su descuido, les rajaron la boca. Entonces los de Xibalbá extremaron su odio e iracundos decidieron llevarlos, por último, a la Cueva de los Murciélagos. En ella vivía el terrible e insaciable Camazotz, que mata con su sola presencia. En la soledad tenebrosa de aquella cueva abandonaron a los gemelos. Para defenderse de los innumerables murciélagos que volaban hambrientos, batiendo, furiosos, sus alas, los hermanos se metieron dentro de sus cerbatanas. Mientras tanto los murciélagos decían:

—*Quilitz, quilitz.*

Volaban, ávidos, de un sitio a otro y se posaban, amenazantes, sobre el escondite de los hermanos. Éstos se durmieron hasta que empezó a oírse el gorjeo del alba. De pronto Ixbalanqué dijo a Hunahpú:

—Asómate y mira si ya amanece. Nuestros enemigos se han aquietado.

Hunahpú dijo:

—Saldré a ver.

Y así lo hizo; pero en el momento en que asomó la cabeza, un murciélago que espiaba se la cercenó. Ixbalanqué entonces se puso a gritar:

—¿Dónde estás Hunahpú? ¿Por qué te ocultas que no te veo ni te oigo?

Y como nadie respondió a sus preguntas, con tristeza, dijo:

—Al fin nos vencieron los señores de Xibalbá.

Y en efecto, al amanecer, los señores de Xibalbá se acercaron a la entrada de la cueva, husmearon en ella y con regocijo tomaron del suelo la cabeza cercenada de Hunahpú. Estaba vacía de sangre, pálida, desencajada. La alzaron y como trofeo la pusieron sobre el muro más alto de la Plaza de Juego. Para verla y hacer mofa de ella acudieron gentes mayores de Xibalbá. A distancia se esparcieron las risas y las carcajadas y los gritos soeces que salieron de sus bocas. Entonces, Ixbalanqué, entristecido, se aisló en el rincón de un solar vecino. Allí gimió su dolor en silencio, sin ser visto por nadie.

Al cabo de un tiempo llamó a los animales mansos

que merodeaban por aquellos lugares. Cuando llegó la noche se acercaron a él en espera de su mandato. Ixbalanqué dijo:

—No temáis nada, que los enemigos míos están lejos. Decidme sin engaño, ¿qué es lo que coméis en el monte?

Atropellándose, pisándose las patas toscas, restregándose las pelambres ríspidas, dándose de hocicazos, embistiéndose con sus testuces, aquellos animales, entre gruñidos, rezongos, balbuceos y alaridos, respondieron a Ixbalanqué lo que para ellos era verdad. Ixbalanqué, como pudo, entre aquella algazara arisca oyó a todos. Luego dijo:

—Está bien. Ahora traedme, sin tardanza y sin regateo, algo de lo que coméis.

A nombre de los demás animales el loro dijo:

—Si es preciso, lo haremos.

Entonces los animales, presurosos, como vinieron se fueron. Tras ellos se levantó una polvareda que enturbió el aire y arremolinó las hojas caídas. Un tufo se esparció por aquel contorno. Se fueron por diferentes rumbos en busca de lo que comían. Ixbalanqué los esperó impaciente junto a una albarrada. Desde allí podía mirar la cabeza de su hermano Hunahpú. Sus enemigos la habían dejado como olvidada. Pasó buen espacio de tiempo. Ya al atardecer, poco a poco, con sigilo, empezaron a regresar los animales. Vinieron de uno en uno por diferentes vericuetos. Unos trajeron hojas secas, otros huesos desnudos, otros raíces, otros tallos, otros chilacayotes; así era de distinta la comida que comían. Ixbalanqué, en silencio, contempló la comida que habían

156

traído los animales. Dijo algo que nadie entendió y entonces, seguido de todos, fue al sitio donde estaba tirado el cuerpo de Hunahpú. Espió primero por si alguien lo veía. Cuando estuvo seguro se sentó delante del cuerpo de Hunahpú; tomó una calabaza y la puso cerca de los hombros de Hunahpú. Los animales, en círculo, azorados los ojillos, erizada la pelambre y apagada la voz no se atrevían a menearse de sus sitios. Parecían estatuas de piedra. Ixbalanqué, con un pedernal, hizo unos agujeros en la cáscara de la calabaza; unos redondos para simular los ojos, otros anchos para remedar la boca, otros largos para imitar la nariz. Luego le insufló vida soplándola con el aliento de su boca. Por las hendiduras salió una tenue luz verde entibiada y sutil. Cuando vio que la cabeza palpitaba, sentó el cuerpo en el suelo, le juntó los brazos y le cruzó las piernas. Tan derecho quedó el difunto que parecía que iba a despertar. Todo esto fue hecho bajo la sombra de las alas de un zopilote, las cuales detuvieron el amanecer.

En cuanto los animales vieron lo que Ixbalanqué hizo, se espantaron tanto, que rápidos se perdieron entre el monte. El único animal que se quedó en aquel lugar, porque era el más inocente, fue el conejo. En su inocencia meneaba las orejas como escuchando una música que sólo él oía. Ixbalanqué le dijo:

—Has hecho bien en quedarte. Lo esperaba. Anda y colócate sobre el muro de la Plaza de Juego. Cuando veas que jugamos ponte atento. Si la pelota es lanzada sobre la tapia, tómala y salta y ve corriendo con ella y no te dejes alcanzar e internate en la selva y ocúltala donde sabes. Anda y no olvides lo que te he dicho.

El conejo bajó las orejas en señal de asentimiento; pateó sobre la tierra con las patas traseras, alzó el rabo y, sin ser visto, trepó sobre los muros de la Plaza de Juego.

En ese momento los señores de Xibalbá se acercaron al lugar donde Ixbalanqué estaba y le dijeron:

—Ven; acércate y juega con nosotros por última vez.

Ixbalanqué dijo:

—Si eso queréis, lo haré.

Los de Xibalbá, desolados, tomaron la pelota y la tiraron al aire una y otra vez. Una de estas veces Ixbalanqué la recibió y, conforme a la regla del juego, la volvió a lanzar al aire, pero lo hizo con tanta fuerza que subió alto, pasó sobre los hombros de los demás jugadores y fue a caer encima de las tapias de la plaza. Allí la recibió el conejo, el cual dio un salto hacia el campo, donde se perdió entre la maleza. Los de Xibalbá, furiosos, quisieron atraparlo para quitarle la pelota, pero sus esfuerzos fueron inútiles, porque el conejo corrió y en la espesura acabó por perderse. Con las patas traseras borró las huellas de su carrera; después hizo un agujero en la tierra y la enterró. En el instante mismo en que la pelota desapareció Ixbalanqué tomó la cabeza de Hunahpú, la depositó sobre el cuerpo difunto, y puso la calabaza sobre el muro.

Hunahpú redivivo e Ixbalanqué sonrieron orgullosos, frente a los de Xibalbá, y luego sin ser vistos, se alejaron del pueblo.

Entonces recibieron la visita de unos Adivinos, los

cuales, en secreto, venían de tierras lejanas con destino a Xibalbá.

Hunahpú e Ixbalanqué, después de obsequiar a los Adivinos, les dijeron así:

—Llegáis en hora propicia. Sabíamos la hora de vuestro paso por esta tierra. No interrumpáis ni retardéis vuestro camino. Cuando entréis a la ciudad de Xibalbá, los señores de ella os preguntarán por nosotros. Ellos no saben que estamos aquí. Decidles que nos habéis visto; nada más. No es bueno que sepan otra cosa, porque ellos ignoran la razón de nuestra vida. A ellos les atormenta el odio y la impotencia. No tienen ojos para ver lo que está limpio. No pueden entender la causa de lo que es oculto por naturaleza. También quieren saber por qué hasta ahora no hemos perecido, no obstante los peligros por los cuales nos han hecho pasar.

Los Adivinos dijeron:

—Bien, lo entendemos.

Los hermanos continuaron:

—Habéis de saber que los señores de Xibalbá piensan matarnos. Cuando os vean os preguntarán: —¿Será bueno que los arrojemos a las barrancas? Vosotros contestaréis: —No lo hagáis, porque de esta manera volverán a la vida. Al oír esto os dirán: —¿Será bueno que los colguemos de un árbol? Responderéis: —Tampoco, porque también así recobrarán la vida. Os volverán a preguntar: —¿Los quemaremos? A esto diréis: —Sí, debéis quemarlos, pero a fin de que desaparezcan para siempre, echaréis sus huesos al río. Sólo así desaparecerán si dejar huella y nunca más volveréis a saber de ellos.

A todo esto los Adivinos contestaron:

—Bien entendemos la verdad que se oculta detrás de vuestras palabras. Así lo haremos, porque así lo debemos hacer.

Dicho esto tomaron el camino del centro de la ciudad. Mientras tanto, los señores de Xibalbá se habían sentado en rueda; tenían continente grave, sañuda la faz, fruncido el entrecejo, apretados los labios y las manos apoyadas en las rodillas rígidas. Ya habían mandado buscar a los hermanos. Los guardias fueron y en el lugar que se dice los encontraron y les dijeron:

—Venid con nosotros; no nos pongáis resistencia. Os esperan los señores de Xibalbá. Debéis oír la sentencia que han dictado contra vosotros.

Los hermanos, sin inmutarse, dijeron:

—Vamos.

Y tras los mensajeros caminaron hacia el centro de la ciudad. Al llegar entendieron que los Adivinos ya habían manifestado su encargo. Una pira estaba ardiendo en medio de la plaza. Las llamas subían crepitando y el humo ennegrecía el aire. Entonces Hun Camé, levantándose, se acercó a los hermanos y les dijo:

—La sentencia está dictada. Bebed nuestra bebida. Ésta es la costumbre, después, cada uno, según su parecer, pase cuatro veces por el fuego.

Los muchachos, con serenidad, contestaron:

—Está bien. Haremos lo que mandáis. Beberemos vuestra bebida, pero no penséis que no sabemos que aquí vamos a morir. Conocemos mejor que vosotros nuestro destino, porque la hora de nuestra muerte ha llegado. Ha venido con nosotros, no la habéis traído vosotros. La muerte se cruzó con nuestra sombra. Sólo nosotros la vimos. Oímos y entendimos su voz.

Los hermanos no dijeron más ni esperaron más. Bebieron la bebida que se les ofreció; juntaron sus manos y avanzaron, en silencio, hacia la hoguera. Las llamas y el humo y la ceniza que el aire agitaba, los envolvieron. No se oyeron gritos ni lamentos ni quejidos ni suspiros. Doblegados, fueron consumidos por el fuego.

Al ver los de Xibalbá que de veras los hermanos habían muerto y desaparecido, prorrumpieron en gritos soeces y desentonados. Parecían lobos sueltos en llano vacío. Con las manos en alto se esparcieron por los rumbos del poblado y cruzaron los montes y traspasaron los cerros entonando cánticos. Decían y repetían sin cesar:

—¡Los hemos vencido! ¡Al fin los hemos vencido! ¡Nos libramos para siempre de ellos y de su casta! ¡Ninguno queda en la tierra! ¡No volverán a molestarnos! ¡Ya estamos libres de ellos! ¡Ni tras la muerte los volveremos a ver!

Cuando por cansancio fueron cesando sus gritos, los hombres que aún podían hablar, invocaron a los Adivinos. Éstos aparecieron y se acercaron. Entonces los señores les pidieron nuevo consejo sobre lo que debían hacer con los huesos de los hermanos. Los Adivinos les dijeron lo que ya se sabe. Y así lo hicieron los encargados de este menester. Tomaron entre las cenizas los huesos que quedaban, los amarraron con hilo de pita y los arrojaron al río. En el instante en que desaparecieron, una espuma arremolinó y se alzó sobre ellos y los cubrió. Las aguas del río se movieron de orilla a orilla, aumentaron su caudal y se precipitaron con más furia. Las gentes quedaron atónitas frente a aquellos sucesos.

Al poco tiempo, tras la transparencia de las aguas, aparecieron dos muchachos iguales a los recién muertos. No fueron notados por nadie. Se esfumaron entre las ondas, dejando tras sí un tenue rastro de neblina. Sobre la superficie del río se vio una estela azul que lució breves instantes. Con los ojos atentos las gentes del lugar que estaban cerca miraron aquella estela. No entendieron el significado de lo que veían. Esta aparición se repitió al quinto día y a la misma hora, pero esta vez duró más tiempo. En esta aparición los dos hermanos parecían cubiertos con escamas. Tenían aletas, agallas y cola y se movían sin cesar. En sus ojos se reflejaban los rayos del sol. Luego, en otra aparición, salieron del agua como impulsados por una fuerza viva e irresistible. Se arrastraron sobre las arenas de la orilla; treparon sobre las rocas, tornaron al río y desaparecieron sin ruido.

Las gentes los buscaron removiendo las aguas y los matorrales vecinos. No hallaron nada. Después de estas apariciones, empezaron otras de más duración. Los muchachos aparecían desnudos, y se detenían a descansar sobre las yerbas humedecidas. Con los ojos cerrados dejaban que el sol secara sus cabellos. Si alguien se acercaba, desaparecían.

Más tarde empezaron a dejarse ver sobre la ribera del río. Paseaban como dos hombres miserables de piel raída, sucia por el polvo, resecada por el viento y lustrosa por el agua. Mal se cubrían con harapos que colgaban de sus hombros. No huían ya de las gentes que se acercaban; delante de ellas, hablaban y se ponían a cantar. Parecían alegres. Bailaban bailes con los cuales imitaban el paso, el salto, el brinco y el dengue de diversos animales. Después de bailar hacían juegos de manos y quemaban bejucos y ramas secas. El humo se enredaba en el aire en mil figuras, que deshacían pasando sobre ellas la mano. Sobre las llamas daban alaridos. En seguida hicieron como si ellos mismos se quemaran. Con teas incendiaron sus carnes. Un acre olor se extendió por todas partes. Sus cuerpos ardieron como si fueran hechos de madera resinosa. Cuando nadie los esperaba, volvieron a aparecer sanos de cuerpo, libres de llagas y sonrientes de cara. Poco después, en nuevos ejercicios, con furia de enconados enemigos se despedazaron hasta darse muerte. El primero que volvió a aparecer como si nunca hubiera sufrido el más leve quebranto, invocó al que todavía quedaba tras lo invisible. Los de Xibalbá, atónitos, no sabían qué hacer ni qué pensar ante lo que contemplaban. Se perdían en conjeturas. Unos a otros se comunicaban lo que veían. No transcurrió mucho tiempo sin que estos sucesos fueran referidos a los señores del lugar. Hun Camé y Vucub Camé dijeron:

—¿Quiénes pueden ser estos mendigos que tales maravillas hacen?

Los que oyeron esto contestaron:

—Nunca habíamos visto gente de esta especie. Parecen extranjeros venidos de tierras distantes. Lo que hacen causa admiración y espanto.

Hun Camé y Vucub Camé añadieron:

—Decidles que vengan aquí. Decidles que deseamos ver con nuestros propios ojos las artes que traen y practican.

Los mandaderos fueron en busca de los mendigos. Éstos oyeron el recado, pero dijeron que no irían a ninguna parte; que bien estaban donde estaban y que no era su gusto halagar ni divertir a nadie. Así hablaron:

—Sabed que no queremos ir. Tenemos, además, vergüenza de nuestra miseria y de nuestros harapos. No podemos presentarnos delante de nadie que sea principal. Nuestra suciedad y nuestros cuerpos descarnados y huesudos causan lástima que nos duele y mortifica. Por esto decimos que no nos presentaremos ante los señores que nos llaman. Hacerlo fuera atrevimiento. Además, ¿acaso no saben los señores que nosotros sólo somos danzantes de esos que en sus viajes hacen juegos malabares en presencia de las gentes simples? Si nos presentáramos delante de tanto señor principal, ¿qué dirían los pobres con quienes hemos convivido por estas tierras? Imaginarán que los hemos traicionado. Y esto no lo podemos hacer ni consentir en nuestros corazones. Decididamente, no iremos allí donde nos dicen. Nuestro lugar es éste y no otro. Estamos seguros de ello.

Pero los mandaderos no les hicieron caso; se burlaron de sus remilgos, de sus escrúpulos y de sus palabras. Insistieron en el encargo de los Camé. Los muchachos resistieron más; pero al cabo fueron vencidos. Tuvieron que ir contra su voluntad. Iban dando traspiés, como si hubieran bebido. A cada paso se

164

detenían para protestar por la violencia que se les hacía. Hubo un momento en que pareció que sin contenerse, quisieron rebelarse y regresar al río. Para que no retrocedieran y caminaran más de prisa, como si fueran bestias, les pegaron. De esta manera, dolidos, llegaron delante de los señores de Xibalbá.

Ante ellos los humillaron, azotándolos y arrancándoles jirones de sus harapos. Les dijeron palabras de imperio y de cólera. Los muchachos se condujeron como si no supieran qué hacer. Escondían la cara entre las manos y simulaban, como podían, lo que en el fondo pensaban de aquellas gentes broncas. Así nadie pudo saber quiénes eran ni menos qué trataban de hacer. Parecían avergonzados de sí mismos. Los Camé les dijeron:

—Nos han dicho que sabéis hacer suertes raras.

—Eso dicen; pero no queremos hacerlas porque de ellas se asustan las gentes, y cuando no se asustan, se ríen y esto nos ofende.

—Os pagaremos bien si las hacéis.

—No entendemos de paga.

—Nadie se asustará ni nadie se reirá de lo que hagáis. Haced lo que os venga en gana; además, lo deseamos; lo queremos; estamos ansiosos por mirar vuestras suertes.

—Está bien; haremos lo que nos pedís —contestaron resignados los muchachos.

—Desde aquí os contemplaremos —añadieron los señores.

Entonces los mendigos empezaron a hacer sus suertes. Comenzaron por bailar bailes de animales. Al mismo tiempo imitaban sus voces, sus gruñidos, sus saltos y sus meneos. Los señores nunca habían visto semejante cosa. No cabían en sí de gozo ni salían de su asombro. Las gentes estaban divertidas mirando tanta habilidad y tanta gracia. No sabían qué hacer. Cuando los muchachos acabaron de bailar, los señores les dijeron:

—Ahora despedazad un animal y resucitadlo luego.

—Traed uno cualquiera —contestaron.

Trajeron un coyote; los muchachos lo tomaron, lo pararon junto a un poste y en un instante, tirándole de las patas, del hocico, de las orejas y del rabo, lo despedazaron y lo desaparecieron. Ni rastro quedó de él. Al cabo de un rato, lo hicieron aparecer de nuevo. El coyote resucitado meneó la cola y levantó la nariz como si nada le hubiera pasado. Como si tal cosa, saltó y se fue corriendo hasta desaparecer entre el monte. Las gentes se quedaron con la boca abierta.

—Ahora quemad una casa sin que las gentes que están dentro de ella sufran nada —ordenaron los señores.

Así lo hicieron. Se acercaron a una choza de guano y carrizos, donde estaban un viejo y una vieja. Cerraron las puertas y los postigos y le prendieron fuego. Las llamas crecieron, rápidas, y subieron hasta la altura de los árboles. Al consumirse todo, los espectadores pudieron ver, entre el humo que se desvanecía, a los viejos de la casa, quietos, tranquilos, conversando como si nada hubiera sucedido, como si no hubieran visto ni oído ni sentido. Ni ahumados parecían.

Los señores volvieron a decir:

—Matad a una de estas gentes. Matadla sin hacerle daño y sin que muera; haced que la veamos resucitada.

Así lo hicieron. Tomaron a una de las gentes que allí estaban, la subieron sobre unas piedras, y en un momento, con sólo pasarle las manos encima, le arrancaron los brazos, las piernas y la cabeza. Tomaron el corazón entre las manos y lo sostuvieron en alto. Al ver esto la gente dio un grito. A poco resucitaron al sujeto. Vino por el aire como si nunca le hubiera pasado nada.

Los señores de Xibalbá se atrevieron a decir:

—Desapareceos vosotros mismos y volved a aparecer delante de nosotros. Los muchachos obedecieron. En un momento hicieron lo que se les pidió. Ixbalanqué despedazó a Hunahpú; le arrancó, uno a uno, los miembros del cuerpo. El corazón lo arrojó al aire y desapareció. Una ceniza encendida cayó al suelo. Después de esto, delante de la sombra del desaparecido, gritó con todas sus fuerzas. Mientras gritaba, parecía que se le iban romper las venas del cuello, de tal manera se le hincharon y ennegrecieron. Con voz tonante dijo:

—Ahora vuelve y levántate.

Y Hunahpú volvió a la apariencia de la vida. Todos contemplaron aquello y no dejaron de hacer comentarios. Cada vez creían menos lo que veían. Entonces Hun Camé y Vucub Camé sintieron deseos de gozar más de aquel mundo misterioso que se les ofrecía, gracias al arte de aquellos mendigos. Se atrevieron a decir:

—Ahora, si podéis, desaparecednos a nosotros, pero luego, sin tardanza, volvednos a la vida.

—Si eso deseáis, eso haremos.

—Eso deseamos.

—Acercaos, entonces.

Hun Camé y Vucub Camé se acercaron en medio de la expectación silenciosa de las gentes que estaban congregadas, subieron a la tarima y esperaron. Hubo un pesado silencio. De pronto, los mendigos despedazaron las cabezas de Hun Camé y Vucub Camé. Sus cuerpos oscilaron, se bambolearon y cayeron como si hubieran recibido un mazazo. De sus cuellos manó un chorro de sangre que se esparció por la tarima y se escurrió y manchó la tierra y corrió entre las guijas hasta el lugar en que estaban las demás gentes de Xibalbá. Nadie habló. Todos, anhelantes, esperaban que los señores fueran resucitados, vueltos a la vida; pero los mendigos, quietos, con la mirada estática, no hacían nada ni daban muestras de intentar cosa alguna. La sangre de los cuerpos empezó a coagularse tornándose negra. Por el ámbito del lugar corrió un sordo y angustioso clamor. Éste creció y mil voces estallaron en forma arisca y precipitada. Luego las gentes se agitaron; se movieron unas contra otras; chocaron; se retorcieron y enredaron sus manos. Desconcertadas, se atropellaron y retrocedieron. En seguida huyeron y, mientras huían, unas caían y otras rodaban y otras se desvanecían. Voces de dolor y de ira se confundían en un solo alarido. Entonces los mendigos bajaron de la tarima y se precipitaron sobre aquella turba horrorizada. A los que alcanzaban los levantaban en vilo, los echaban a los hoyancos o los lanzaban contra los troncos o contra las rocas. Durante largo tiempo no cesaron en esta tarea de exterminio. El cansancio atenazó sus brazos y el sudor y la sangre oscureció sus cuerpos. De pronto, en el aire se oyeron los nombres de Hunahpú e Ixbalanqué. En ese mismo momento la ciudad se estremeció desde sus cimientos y los seres que en ella quedaban se convirtieron en miasmas, basuras y rastrojos que el viento barrió sobre la tierra. Así se consumó la ruina y perdición de las gentes de Xibalbá. Desaparecieron como seres humanos y fueron convertidos en cosas deleznables e inertes. Nadie les temió ni les adoró más. El maleficio que en ellos moró durante tanto tiempo fue roto y vencido para siempre. Ni recuerdo de él quedó. Una ola de polvo cubrió sus restos. Después Hunahpú e Ixbalanqué fueron a la tierra de Pucbal Chah, donde estaban enterrados los Ahpú. Allí recibieron el parecido de sus caras, de sus ojos y de sus sentimientos. Allí conocieron también el secreto de sus corazones. Entonces Hunahpú e Ixbalanqué dijeron delante del viento que se detuvo para oírles:

—Nosotros somos los vengadores de la muerte. Nuestra estirpe no se extinguirá mientras haya luz en el lucero de la mañana.

# ÍNDICE

*Popol Vuh. Antiguas leyendas del Quiché,*
se terminó de imprimir y encuadernar en octubre de 2012
en Impresora y Encuadernadora Progreso, S. A. de C. V. (IEPSA),
calzada San Lorenzo, 244; 09830 México, D. F.
El tiraje fue de 2 500 ejemplares.